Sans toucher terre

Antti Rönkä

Sans toucher terre

Traduit du finnois
par Sébastien Cagnoli

Rivages

Retrouvez l'ensemble des parutions
des Éditions Payot & Rivages sur

payot-rivages.fr

Édition originale :
Jalat ilmassa, Gummerus, 2019

À Sini

Chaque mouvement que je faisais se transmettait
en désignant ma bêtise,
chacun de mes mouvements disait :
voilà un imbécile.

KARL OVE KNAUSGAARD

Memories, sharp as daggers

HIM

AUTOMNE

1

Pour finir, nous claquons les portières et allons nous entasser à l'avant comme des sardines, mais je ne ressens rien. Je n'ai rien trouvé à dire. Je n'ai même pas la force de me moquer des vilains bâtiments que nous laissons derrière nous les uns après les autres. Le supermarché. La mairie. La maison de retraite. L'école. Combien de fois n'ai-je pas regardé ces murs en imaginant leur destruction ? Je les ai dynamités, bombardés, incendiés. Maintenant que je m'en sépare pour de vrai, je n'éprouve aucune émotion.

Je craignais que mes parents tombent dans le pathos, mais ils sont silencieux. La camionnette de location bourdonne et les flaques défilent sous la bruine.

Le village ne tarde pas à disparaître. Nous longeons déjà une forêt de crête, aux pins tendus vers les nuages.

Comme personne ne dit rien et que mon père allume la radio, au point où on en est, je peux aussi bien prendre la parole.

« En fait, y a des gens, les trans, ils sont pas nés dans le bon genre.

– Ah, dit mon père.

– Et si on a carrément le sentiment qu'on est pas né dans la bonne espèce ? »

Mon père me dévisage.

« Tu parles de toi ?

– Ouais.

– Qu'est-ce que tu voudrais être, alors ? demande ma mère.

– Un renne. Ou un dauphin. »

Mes parents échangent un regard en coin. J'attendais un éclat de rire, moi je trouvais ça marrant.

« Ce serait pas très commode non plus, commente mon père.

– Non, je dis. Peut-être.

– D'ailleurs, en tant que renne, peut-être bien que tu serais quand même solitaire », poursuit-il.

Puis il me jette un coup d'œil, de peur que je sois vexé.

À Jyväskylä, dans le studio, les éléments de la bibliothèque sont étalés par terre. En sueur après avoir porté les charges, debout au milieu du chaos, je feuillette les instructions d'assemblage avec l'impression que je suis en train d'assembler ma vie. L'heure de vérité. Je ne comprends pas dans quel sens il faut monter les planches et quelle vis va à quel endroit. Mon père entre avec le dernier carton Chiquita.

« Alors, ça avance ? il demande.

– La réalité physique et moi, on n'a jamais fait bon ménage. »

Dans la pénombre bleutée du soir, finalement, la bibliothèque tient debout, telle une statue sur son piédestal. En entendant le moteur qui démarre dans la cour, je m'appuie à la vitre fraîche et regarde les phares de la camionnette qui disparaissent au coin de l'immeuble. Je contemple la cour où le calme est revenu, et je me rends compte que je vais devoir affronter des inconnus, demain. Il faudra leur dire mon nom et leur prouver que je suis un bon gars. Ça ne s'est jamais bien passé. Même si je suis un bon gars. Ou « serais », si je ne craignais de ne pas l'être. Ou si je n'avais pas les problèmes que j'apporte ici, dans mes pensées, dans mes cartons.

2

Ce matin, nous nous sommes mis en cercle sur la pelouse humide, devant l'université, pour raconter tour à tour d'où on venait et si on préférait les chats ou les chiens. Si je tenais debout, c'était grâce à la benzodiazépine. J'avais avalé les comprimés dans les toilettes PMR de la bibliothèque. Lorsque les visages se sont tournés vers moi, un long silence s'est posé sur le cercle, j'ai eu le temps de déglutir plusieurs fois. J'ai déclaré que je venais de Lahti – c'était un nouveau départ, je pouvais m'inventer le passé que je voulais – et que les chats et les chiens étaient aussi super les uns que les autres. Tout le monde a ri, et ça m'a réchauffé le cœur : je me suis dit que j'avais surmonté cette épreuve.

Mais maintenant, c'est le soir, et ils ont tous oublié mon succès. Maintenant, j'ai besoin de nouveaux succès.

L'eau coule dans le lavabo, s'enroule en tourbillon et disparaît dans les trous ronds et noirs. J'observe les trous, et ils m'observent aussi. Je lève la tête vers le miroir. Un visage pâle, ruisselant. Des cernes sous les yeux. Si seulement ils n'y étaient pas. S'il n'y avait pas de bouton sur mon nez. Si les dents de devant étaient un peu plus petites.

Le regard un peu plus pétillant. *Pouah que t'es moche. Comment tu peux avoir l'air aussi bête ?*

Tel un samouraï dégainant son sabre, j'empoigne le tube de crème. Le produit frais jaillit sur l'index et le majeur. Je presse les doigts sur le front, étale la crème sur les joues, le nez et le menton.

Je me coiffe, asperge mes cheveux d'eau salée et applique la cire. Je prends la laque Osis+ Extra Strong sur l'étagère, dans sa bombe en métal froid, et je me vaporise la tête. Cinq, six secondes. Une odeur âcre se répand dans la salle de bains. Je me retiens de tousser car la secousse me décoifferait. Je repense aux dents. Je les brosse au dentifrice blanchissant. Puis je conclus avec le parfum Calvin Klein : deux giclées dans le cou et une sous le poignet gauche.

Je mets la montre Bering qui m'a coûté une grande partie de mon job du mois d'août. Cadran bleu flamboyant, trotteuse rouge, bord noir et or. Je jette un coup d'œil au planisphère accroché au mur, aux affaires non déballées. Un tas de coupes et de médailles aux rubans bleus et blancs dépassent d'un carton de déménagement. D'un coup de pied, je l'envoie sous le lit. Des vêtements traînent pêle-mêle : manches de chemises et jambes de pantalons en vrac sur le lit, sur la chaise de bureau, par terre. Un robinet mugit chez les voisins. La porte de l'immeuble s'ouvre et se referme, la serrure claque dans la cage d'escalier comme un coup de fouet. Un chien aboie.

L'aiguille de la Bering avance par à-coups. Dix minutes.

J'ouvre l'armoire et examine les chemises pendues dans l'ombre, considère diverses combinaisons, caresse une manche, soulève un cintre avant de le relâcher sur la tringle. Finalement, j'opte pour la Hackett bleue. Je mets le chino beige Hilfiger, lace les Converse noires et blanches à tige haute, puis j'enfile le caban bleu marine Hugo Boss.

C'est ta mère qui t'a tricoté ton pull ? C'est le survêt de ton vieux ? Il a même pas un jean ou quoi ? On ne peut plus me dire ça, on ne peut plus se moquer de moi. Les marques me protègent, elles rachètent tous mes défauts, toutes mes faiblesses. Les marques sont mon armure.

Dernier coup d'œil dans le miroir. La frange un cran plus en arrière. Je ne sais pas si je suis laid ou beau. Je ne sais rien de moi. Sauf qu'il est temps que je me rende à la soirée. J'ouvre la porte, franchis le seuil, fais volte-face. Je retourne vers le bureau et prends le blister de médicament ratatiné à côté du laptop. Cet été, je suis allé voir un psychiatre. Son expression corporelle suggérait la compréhension et la bienveillance du professionnel aguerri, mais son visage fissuré révélait toute la frustration accumulée sous cette apparence : regard errant, paupières tombantes et tics au coin des lèvres, comme envisageant une démission sans préavis. « Vous n'avez pas d'anxiolytiques ? Je vous en prescris illico », il a dit, et il a fait rouler son fauteuil jusqu'au clavier, puis il a pianoté un moment et m'a présenté une ordonnance.

Les comprimés se trémoussent dans leurs bulles de plastique. Oxamin, 15 mg. Je glisse le blister dans la poche du manteau et éteins les lumières.

Dehors, la bruine dissout ma laque. L'éclat des enseignes lumineuses et des réverbères se reflète sur la chaussée brillante. Je marche avec les mains dans les poches, sauf pour passer les doigts dans les cheveux en m'observant dans les vitrines. Mon aspect se dégrade à chaque magasin. Je croise deux vieilles dames. Pour les éviter, je descends dans le caniveau. Je hausse les sourcils, pince les lèvres, sors une main de la poche et balance le bras avec entrain au rythme de mes pas.

La boîte de nuit s'appelle Escape. Des messages défilent dans le groupe WhatsApp des première année : « On y est. » « La table devant le bar. » « Où vous êtes ? » La queue ondule le long du mur et disparaît derrière le coin de la rue. Je vais me placer au bout et fais défiler l'écran de mon téléphone dans tous les sens en espérant que personne ne me remarque. Mais tout le monde me remarque. Évidemment ! Je déplace mon poids sur la jambe gauche pour me rapetisser.

Je monte à l'étage, et le volume monte avec moi. D'une beauté surnaturelle, la fille du vestiaire me tend le reçu en souriant. Les basses pulsent, la boîte à rythmes frétille comme un saumon. Des lumières violettes balaient la masse humaine qui bouillonne sur le plancher, hérissée de bras et de chopes. Je rectifie mes cheveux tout en me faufilant vers le bar. Quatre filles passent devant moi à la queue leu leu, si près que je sens leur parfum. Elles marchent en farandole, main dans la main. Chacune d'elles me dévisage. *Qu'est-ce que tu fous ici ? Putain mais qu'est-ce que tu fous ici ?*

Je continue jusqu'au comptoir, puis je m'appuie enfin à une pub de Jägermeister et contemple les rangées de bouteilles flamboyantes. Un barman vêtu d'une chemise satinée se penche vers moi en levant les sourcils.

« Gin tonic », je dis.

Il porte la main en cornet à son oreille gauche et se penche plus près de moi.

« Gin tonic ! » je répète plus fort.

Il secoue la tête, porte l'autre main à l'autre oreille.

Je déglutis.

« Gin tonic ! »

J'ai crié si fort que je ne reconnais pas ma voix. Le barman fait une pirouette et se met à mélanger les ingrédients. Me voici bientôt muni d'un verre haut et embué, avec une généreuse rondelle de citron à la surface.

Je pénètre dans la masse dansante. Lorsqu'une épaule heurte mon bras, le gin tonic éclabousse ma chemise. Je parcours la foule des yeux, mais tout le monde m'ignore. Je continue d'avancer au hasard, rencontrant des dizaines de regards inconnus, jusqu'à ce qu'on crie mon nom – tout à coup, j'ai la même sensation que si on m'appuyait un pistolet sur la tempe.

Derrière une table, une blonde me fait des signes. Ses lunettes ont des branches orangées. Elle s'appelle peut-être Kirsi ou Sonja, je ne sais plus.

Accoudés à la table, les autres bavardent comme de vieilles connaissances. Les banquettes sont dures et rouges, avec des dossiers imposants.

« Hé, on lui fait de la place », dit Kirsi ou Sonja en agitant la main pour que la rangée se resserre.

Le groupe se tortille vers le mur. J'assiste à tout ce remue-ménage en tremblant, en me mordant la lèvre, en souriant. Le sourire, c'est pour essayer de m'excuser.

Finalement, j'arrive à me poser au bout de la banquette, en comprimant les cuisses et en respirant doucement par le nez. Je pose mon gin tonic sur la table, délicatement, pour ne pas faire de bruit. La fille assise en face de moi baisse son regard sur mon verre, et j'ai l'impression qu'elle lève les yeux au ciel. Les autres ont la bière de base ou des cocktails. Ma boisson cristalline, le citron qui flotte, les glaçons, la paille et le mélangeur noir, tout cela ressemble à une provocation. Je plaque mes mains autour du verre pour le cacher, et je me laisse glisser en arrière dans une position qui se veut détendue. Parcourant la tablée du regard, je cherche quelque chose à dire et m'efforce de me rappeler leurs noms. Je n'en ai aucun souvenir, pas plus que de leurs visages. Il n'y a presque que des filles. Seulement deux garçons. L'un a une barbe, un chignon et des bracelets de festival tout crasseux. L'autre a des lunettes rondes de hipster, les cheveux sur le côté et un regard d'intello. Ils sont beaux. Et les filles sont jolies, surtout une, elle a des cheveux bruns, brillants, et son visage est tellement mignon qu'il fait mal à regarder. Elle pourrait être en couverture de *Vogue*. Elle me remarque, laisse apparaître un sourire. Pourquoi, *pourquoi* ? J'ai l'air bizarre ? J'ai un truc sur le menton, les cheveux en bataille ?

« C'est comment ton nom déjà ? » demande la fille de *Vogue*.

Mon cœur fait un bond. Mes yeux s'éloignent, vers les strobos, vers les silhouettes. Puis je reviens vers elle et me force à la regarder ; je m'éclaircis la voix, élabore l'intonation adéquate et compose la bonne expression corporelle.

« Aaro », je réponds.

Mais au même moment, le DJ se met à gueuler et les fumigènes jaillissent en sifflant.

« Aaro ! » je crie plus fort, en me penchant sur la table au risque de renverser mon verre.

La fille acquiesce avec l'air d'entendre mon nom pour la première fois.

« Et toi, c'est Julia ? » je demande.

Je le regrette aussitôt. Mais non, ça ne pouvait pas être Julia. *Je suis mort.*

« Ouais », confirme-t-elle en souriant.

J'aspire mon gin tonic. Je ferme les yeux.

Au bout d'une demi-heure, la rondelle de citron surnage parmi les glaçons fondus, épuisée, lessivée, vidée. Assis en silence, je fixe la table, écoute la musique, les rires, le brouhaha, et je me creuse la tête en quête de sujets de conversation. *Vous êtes d'où ? Comment vous trouvez Jyväskylä ?* C'est sans espoir. Même Julia ne regarde plus dans ma direction.

Les autres n'arrêtent pas de rigoler, elles parlent de leurs petits copains, de leurs années de lycée et de leurs émojis préférés. Je hoche la tête de concert, l'attention toujours tournée là où l'on parle, je ris quand les autres rient et je tripote les glaçons avec le mélangeur. Puis vient le moment où je suis obligé de m'échapper.

J'attends calmement dans le battement sourd des toilettes, le regard au sol. Mais dès qu'une cabine se libère, je vais m'appuyer contre la cloison blanche crasseuse et dis tout haut « ah bordel ». Le mur est barbouillé de lettres grandes comme des bites : ZOB. Je sors les Oxamin de ma poche, lève le visage vers le plafond. La lampe m'éblouit. J'expulse la pilule dans ma bouche et la broie entre mes dents. Un goût amer se répand sur la langue, je suis obligé de faire la grimace et d'enfoncer les ongles des pouces dans la pulpe des index pour arriver à tout avaler. Une fois l'opération achevée, je baisse le chino pour pisser.

En tirant la chasse, je retiens ma respiration. Comme je remonte mon pantalon trop vite, mon portable tombe de la poche et glisse sous la cloison.

« Hé ton Sony est tombé ! crie quelqu'un.

– Ouais.

– Y a pas de ouais, ton Sony est tombé ! »

J'ouvre la porte. Je m'apprête à recevoir un poing dans la gueule. Mais non, un garçon coiffé en brosse me tend mon portable et me regarde comme un footballeur qui relève un joueur taclé.

« Faut pas faire tomber ton Sony.

– Non. »

Je me rince les mains dans le lavabo, longuement, savourant le mugissement de l'eau chaude et désireux de rester sous la protection de cette amabilité inattendue.

Je regarde dans le miroir. Les paupières pendent sous mes yeux comme de vieux rideaux. Je me brosse les cheveux un peu mieux sur le côté. Je m'essuie les mains à la serviette déroulante, puis je plonge dans la foule qui bouillonne derrière la porte, dans les pulsations, dans les lumières clignotantes.

Je me fraie un passage pour retourner à la table, mais elle est vide. J'aperçois les visages du groupe sur la piste de danse, en cercle. Je m'arrête au niveau du vestiaire pour les observer. Ils sourient et rigolent avec une telle spontanéité que j'en suis ému ; j'oublie presque qu'ils sont là-bas et moi ici. Je reprends subitement mes esprits lorsque quelqu'un vient s'écraser sur mon dos : l'air s'échappe de mes poumons dans un choc aveuglant qui me fait tousser, plié en deux, les mains sur les cuisses. La même vieille sensation.

Quand je parviens à me redresser, le cercle danse plus frénétiquement que jamais. Ils dansent tous merveilleusement bien. Surtout Julia. J'écoute les pulsations pendant trois mesures, puis je me retourne, récupère mon manteau et descends dans la rue quatre à quatre.

Les taxis passent à grand bruit.

Du brouhaha sort des bars tandis que les portes s'ouvrent et se ferment.

2008

Accoudé au pupitre, j'ai la tête entre les mains. Je regarde la carte accrochée au mur. Je suis les côtes de Norvège, de Suède et de Finlande. Faisant un crochet par Saint-Pétersbourg, je continue en Estonie et descends dans le sud, vers la Pologne et l'Allemagne. Je fais le tour de la péninsule danoise et, après les Pays-Bas et la Belgique, j'arrive en France, où je continue de même. Je longe lentement les côtes chaudes de Méditerranée, rêveur, pour arriver au Caire et revenir par l'Afrique du Nord, jusqu'au Maroc, puis je retombe dans la salle de classe.

J'aime bien les derniers cours de l'après-midi, leur ambiance flottante, les poussières révélées par les rayons du soleil. Mais le charme peut se rompre à tout moment : cette mince pellicule risque d'être transpercée par le moindre regard, le moindre murmure.

Je tire sur mes manches, déjà trop courtes. Maman a acheté ce tee-shirt au printemps précédent. Le mot « Puma » s'est terni, écaillé au lavage. À présent, on est en août, et j'entre en dernière année de primaire. Ma tête bourdonne, quand j'y pense.

Je regarde l'horloge noire et blanche de la salle de classe. Cinq minutes.

Je reviens sur la carte. Je cherche les grandes villes, envoûté par leurs noms palpitants. Berlin. Francfort. Milan. Amsterdam. Que s'y passe-t-il, en ce moment ? Comment ce serait, de vivre à Athènes ou à Londres, si loin qu'on ne me retrouverait jamais ?

La porte de la classe voisine s'ouvre à grand bruit, le couloir s'emplit de cris et de tumulte. L'aiguille noire crépite sur le mur.

La maîtresse marmonne les devoirs à faire à la maison. Je n'écoute pas, je ne prends pas de notes. Le regard baissé sur le pupitre, je scrute les rayures et les mots gravés dans le bois. Quelqu'un a gratté : « C'est moi le best. »

La sonnerie retentit dans la cour, et la classe entière se lève d'un bond. Les chaises raclent le sol, les fermetures Éclair sifflent. Je garde la tête baissée, évitant les regards des garçons. La maîtresse gagne la porte, tourne la poignée et nous souhaite un bon retour à la maison.

Guettant sur le côté, je vois les sourires des garçons, voraces, triomphaux. Je me souviens des doigts sur ma nuque et du murmure agressif : « À la sortie… » Les derniers mots de la maîtresse ne sont qu'un écho lointain, comme si j'avais la tête sous l'eau. Comme si son « rentrez bien » ne s'adressait pas à moi.

Trébuchant sur le pied d'un pupitre en me précipitant vers la porte, je percute les dalles froides de tout le plat de la main. Un éclat de rire morveux parcourt la classe. Je reconnais chaque voix et j'entends chaque mot.

Je me redresse sur mes jambes tant bien que mal, fonce au vestiaire, passe ma veste sur les épaules et enfile mes baskets. Le dos de la maîtresse est déjà loin, au bout du couloir.

Je dévale l'escalier en courant, pousse la porte vitrée et me précipite dans la cour. Les cages de foot se font face. Les balançoires pendent sous leurs poutres rouillées, oscillant dans le vent. Un silence indifférent, impartial, émane de tout ce que je vois. Les jeux de grimpe, les arbres jaunes, les range-vélos, les fenêtres grises de l'école, tout attend en silence et déclare par ce silence même : advienne que pourra.

3

Je suis réveillé par une détonation dans la cour de l'immeuble, accompagnée d'un bruit de marteau-piqueur. En repensant à la soirée d'hier, j'ai soudain l'impression que le bruit vient en fait de l'intérieur de ma tête.

Je m'assieds au bord du lit. Le planisphère est affiché devant moi. Il est dessiné dans un style maritime, à l'ancienne. Je connais toutes les capitales par cœur. J'y ai recours dans les files d'attente, dans les rues animées, chaque fois que mes mains se mettent à trembler. En énumérant les capitales, je peux contrôler une crise de panique, même sévère.

En l'occurrence, j'explore les Amériques, longeant les côtes accidentées du continent, depuis la Terre de Feu jusqu'au Canada. Je me promène ainsi jusqu'à ce que s'apaisent les palpitations provoquées par les souvenirs d'hier et que je sois prêt à être.

Dans la salle de bains, ça sent les égouts. Rien à faire, même si je frotte la vasque au savon de pin. Un sillon obscur court sous la baignoire, béant, menaçant.

Je grimpe dans la cuve et rabats le rideau de douche noir et blanc à l'intérieur avant d'ouvrir le robinet. Je me frotte le visage avec trois produits nettoyants, frictionne les cheveux avec le shampooing et le démêlant, fais couler dans ma main le gel arôme noix de coco puis l'étale sur le torse et sous les bras. *Quoi, ça vous pose un problème ? Ça vous pose un problème, bordel ?* Je referme le robinet lorsque le miroir est trop embué pour me refléter.

Je frictionne mon corps ruisselant avec une serviette en coton, douce et moelleuse. Nettoyant visage, crème hydratante, pommade ophtalmique, dentifrice blanchissant, gouttes dans les yeux. Ça vous pose un problème, bordel ? Finalement, je reprends mon souffle devant la glace de la penderie. On devine encore la tablette de chocolat, mais sensiblement fondue. La dernière fois que j'ai couru, c'était au lycée, pour le test de Cooper. 3 180 mètres. Aujourd'hui, je ferais trois kilomètres maxi. Peu importe. J'aurais dû arrêter plus tôt. J'aurais dû oser.

Propre et bien habillé, je dévale l'escalier. *C'est encore l'heure de la baston.* Les toges jaunes des bouleaux ondoient sur fond de ciel. Tout est doux, limpide, humain, sans la dureté ou la rudesse de l'été. Comme si l'automne savait que ce n'est pas si facile.

Le stade de la Colline se profile derrière les bouleaux. La palissade entourant la piste est barbouillée de graffitis. Les pylônes en acier sont plantés tout autour, surmontés de dizaines de projecteurs braqués sur le terrain. Je m'approche, lentement, comme devant un ours endormi. Depuis le portail, j'aperçois la piste. Les marques blanches plongent dans le virage, se redressent, et filent sur la ligne opposée pour disparaître enfin dans le soleil transparaissant sur le revêtement Mondo. La tribune est muette. Le stress du souvenir me picote le ventre, les cuisses, les bras. J'imagine les annonces grésillantes. J'imagine le sifflet du starter, son signal entaillant le vent. Le coup de pistolet. Les cris de mon père.

Pendant huit ans. Pourquoi ai-je enduré cela ? Courir sur les terrains de sport, sur les sentiers forestiers, sur les routes. Les expéditions d'une compétition à l'autre, l'enthousiasme paternel, l'éternel remplissage de la gourde, l'achat des baskets, le remplacement des crampons. Je me rendais au petit trot derrière la ligne de départ, dans telle ou telle ville, je croisais les regards des autres garçons, leurs yeux plissés, scrutateurs, je guettais mon père qui agitait les bras et hochait la tête sur le bord du terrain. Pourquoi dodelinait-il toujours ainsi ? Comme s'il y avait un accord tacite entre nous, un projet commun. Je m'accroupissais dans les starting-blocks, j'attendais le coup du départ avec le nez sur les aspérités de la piste, puis je courais. Je courais, et je détestais chaque foulée.

Bon, quelquefois, il y avait aussi la course en forêt, le vent murmurant aux oreilles, la vitesse qui me faisait décoller. Il y avait la liberté de la course, la solitude, l'intouchabilité.

Mais les compétitions… Les parents se démenaient, les yeux fulgurants, et criaient « Les bras les bras les bras ! », « Allez vas-y ! » et « Relax relax ! ». Les tee-shirts fluo clignotaient dans les coins du champ de vision, et après, sur le podium, les gars exultaient, poings levés. Je n'appartenais pas au groupe, je n'appartenais pas à ceux qui exultaient. Même quand j'avais gagné. Il ne m'appartenait pas de gagner. Si je gagnais, c'était par inadvertance.

La peur se condensait dans la voix du présentateur,

dans ses commentaires qui résonnaient au-dessus du terrain et venaient nous harceler avant même qu'on sorte de voiture, dès qu'on s'engageait sur le parking. Et quand je me jetais sur la ligne d'arrivée et m'affaissais sur la piste, sans plus rien voir et hors d'haleine, cette même voix énonçait le classement tel Dieu le Père. Mon nom retentissait dans les nuages, et l'écho me restait dans la tête. Ce son proclamait quelle était ma place dans le monde.

Et personne ne disait que cela n'avait aucune importance, de gagner ou de perdre une compétition pour enfants.

Personne ne le disait, parce qu'ils étaient tous persuadés que cela en avait. Oui, les classements et les centièmes avaient de l'importance.

Alors pourquoi allais-je là-bas ?

Parce que sinon, mon père était contrarié. Sinon, il restait couché sur le canapé, les mains sur les yeux, sans rien dire, et moi je n'osais pas manger, même si j'avais faim.

Je secoue la tête, jette un dernier coup d'œil au terrain comme à un navire qui prend le large, chuchote pardon et me détourne.

En regagnant la rue de l'Université, j'aperçois les bâtiments en brique rouge sur la montée du Séminaire. Encore des présentations en perspective, de nouveaux moments de tension. Cette tension n'est pas excitante, elle est oppressante. Je palpe mon pantalon pour sentir le blister sous mes doigts, et je ferme les yeux en poussant un soupir de soulagement. J'entre sur le campus, assouplis mes cheveux à tâtons. La cire me colle aux doigts. Je regarde mon reflet dans les vitres du département de Musique, et je sursaute en constatant que j'ai l'air grand et adulte.

Aux portes du vieux bâtiment prestigieux, je retrouve quelques visages rencontrés hier. Ils se tiennent en cercle, les filles et les deux garçons. Les étudiantes fléchissent les genoux et inclinent le buste en même temps qu'elles laissent éclater leur rire. Certaines fument. Julia, notamment. Je ralentis et jette un œil à mon portable. J'observe les lèvres de Julia, plantureuses, rouges comme le fruit du sorbier, arrondies autour du filtre, puis la fumée qui flotte entre elles pour s'élever en l'air jusqu'à ce que le vent la disperse. Comme elle me remarque, elle me fait signe avec entrain. Tout le cercle se tourne vers moi.

« Salut », je dis en m'arrêtant à côté de la blonde.

Je déplace mon poids sur une jambe et enfonce les épaules pour m'adapter au cercle. *Aaro, sois gentil, dégage.*

Le garçon au chignon me salue de la tête. Il a une chemise en flanelle aux manches retroussées et un sac élimé avec des pin's Rolling Stones et The Doors.

« T'as disparu, hier soir ? » relève Kirsi.

Elle a des lunettes différentes, à monture de corne, épaisse et foncée. Ça lui donne un air maternel. Elle me sourit, mais sans conviction. Comme si elle n'était pas sûre de pouvoir me sourire. Je réponds en rigolant : « Ouais j'ai dû partir un peu à l'improviste. »

Comme personne ne parle, j'ajoute : « J'espère que ça vous a pas trop étonnés. »

Julia rit.

« Ouais enfin moi en tout cas je t'ai cherché toute la nuit.

– C'est ça, j'en étais sûr. »

Je ris et baisse les yeux vers l'asphalte, mes tennis, leurs bouts blancs. Je me réfugie dans mon téléphone, mais je me sens bête, debout en silence à fixer l'écran. *T'es complètement débile. Bordel t'es bête et moche. Faudrait te casser la gueule.*

« Qui vient acheter des écussons pour la salopette*, après ? suggère la blonde.

– Hell yeah ! répond Kirsi.

– Pourquoi pas, dit quelqu'un.

– Carrément ! » s'exclame Julia.

Elle jette sa cigarette par terre. Le mégot est bordé de taches rouges.

« Valtteri ? demande la blonde en regardant le mec au chignon.

– Je ne sais pas, hésite l'interpellé. C'est un peu la dèche, en ce moment. »

Je déplace docilement mon regard au gré des répliques, sans me départir de mon sourire de débile. Heureusement, personne ne me propose de les accompagner. De toute façon, je suis au-dessus des traditions estudiantines du genre salopettes et écussons. Ou je préfère le penser. C'est un besoin humain, ces pensées-là. Enfin, pour moi, en tout cas.

Nous entrons. Les bancs de l'amphi sont étroits, et les tableaux projetés sur le mur m'échappent totalement tandis que débute la séance d'information relative à la sélection

* Tout étudiant finlandais a une salopette symbolique, sur laquelle il colle des écussons tout au long de ses études. *(N.d.T.)*

des unités d'enseignement. Une femme en jaquette nous explique quels cours choisir et dans quel ordre. Incapable de me concentrer, je n'entends que des mots isolés : « semestre », « objectif », « programme ». Je vérifie si je respire trop fort, si je dérange mes voisins en déplaçant mes jambes, si ma chemise sent la transpiration. Cela continue ainsi pendant une demi-heure ; lorsque le PowerPoint s'éteint enfin, dès que le brouhaha et le cliquetis des sacs remplissent la salle, je m'éclipse en premier.

« Tu viens manger ? »

En me retournant dans l'embrasure des portes, je vois Julia qui me regarde. J'espère un sourire, mais son visage reste dur.

« Euh… J'ai pas le temps, malheureusement. »

Je dévale l'escalier, puis je traverse le campus à la hâte comme si on risquait de m'interpeller et de me traîner en justice. Mon pas ne ralentit qu'en centre-ville. Les semelles de mes tennis balaient la rue du Commerce. J'entre dans un café, et tant pis si le cappuccino coûte 4,80. Plus rien n'a d'importance, je n'en ai accordé que trop à toutes choses. J'ignore mon reflet dans les vitres coulissantes de l'épicerie, ainsi que la tête du vendeur qui me tend le ticket de caisse.

Lorsque j'entre dans la cour de mon immeuble, la lumière bleu-gris du soir s'attarde sur les toits. Je tire la porte d'entrée délicatement pour que le clic de la serrure ne résonne pas dans toute la cage d'escalier. Je grimpe au deuxième étage, laisse mes chaussures sur le paillasson intérieur, pose le sac de courses par terre. Je n'allume pas la lumière. Debout dans le noir, j'observe un peu le planisphère, puis je retire mon manteau et vais me laver les mains. La lampe clignote au-dessus du miroir, sa lueur blafarde se répand dans la salle de bains. Une petite larve noire remue par terre. Non, deux. Trois. Elles font quelques détours précipités puis disparaissent sous la baignoire. Des frissons me dévalent les cervicales.

La nuit, le vent fait vibrer la fenêtre, et les ombres des branches vacillent au-dessus de ma tête. J'ai oublié de fermer les stores. On dirait que le plafond est vivant. Je me tourne sur le côté, contre le mur, et je serre les paupières. Les yeux fermés, je vois les larves de la salle de bains. Trois points qui remuent. Le mur est froid.

2008

Mon crâne heurte le mur en béton du local à poubelles. Une douleur lancinante se propageant dans toute ma tête, je tombe à genoux. On m'arrache mon sac à dos, l'Adidas bleu acheté pendant l'été avec ma mère pour mes douze ans, qui sent encore le neuf. Tino et Matias le remplissent de fruits pourris et de pain moisi.

« Faut bien que t'aies un goûter pour le retour ! » crie ce dernier.

Je croupis sur le ciment sableux. Par la porte entrouverte, je vois un SUV qui se gare sur le parking. Un homme corpulent à lunettes de soleil en descend. J'espère qu'il ne remarquera rien, qu'il ne va pas s'en mêler. Je ne veux pas être une victime qu'on vient secourir. Je peux supporter n'importe quoi pourvu que personne ne me voie.

Matias jette mon sac bourré de déchets organiques dans le container et claque le couvercle. Puis ils sortent, enfourchent leurs vélos et s'éloignent en pédalant comme si j'étais un flipper dont on se lasse après l'avoir suffisamment secoué.

Je m'appuie à la paroi fraîche. Silence. Ce silence n'a plus rien d'expectatif. Il est strictement scrutateur.

Sur le chemin du retour, chaque pas me fait mal aux endroits brutalisés par les genoux couverts de jeans. Mais je ne laisse pas voir la douleur. Je ne la montre pas aux vieilles dames cramponnées à leurs déambulateurs, aux voitures qui passent en trombe, aux dizaines de fenêtres d'immeuble braquées sur moi. Je ne me plains pas, je ne pleure pas. Je supporte tout. C'est ma façon de me venger. Même les canards qui flottent sous le pont, dans la rivière, n'auront pas mes larmes.

Je sais que je devrais en parler. Je le sais depuis longtemps. Plusieurs fois, j'ai décidé de le faire. Mais ensuite, assis à mon pupitre, je m'imagine rester dans la classe à la fin du cours et me faufiler auprès de la maîtresse pour prononcer les mots en question, et ça me donne le vertige. Finalement, après avoir attendu assez longtemps, j'oublie tout et n'ai plus rien à raconter.

En arrivant dans notre lotissement, je prends ma résolution : cette fois, je vais parler, pour de bon. Je supporte ça depuis cinq ans. C'est trop. Je ne peux plus résister longtemps. Je pense aux outils de la salle de travaux manuels, j'imagine la masse qui s'écrase sur le visage des garçons. J'imagine la ponceuse qui les écorche, la scie à ruban qui leur tranche les bras et le tournevis qui leur crève les yeux.

Stop. Je secoue la tête et chuchote : « Pardon d'avoir pensé ça, pardon d'avoir pensé ça. » Et puis : « Je ne veux de mal à personne, je ne veux de mal à personne, à personne… »

Dans le vestibule, j'enlève mes baskets sans dénouer les lacets. J'essaie toujours de me déchausser avant que mon père me salue. Si je n'y arrive pas, ça veut dire que je vais avoir des problèmes dans la vie. Ou que ma mère va tomber malade. Que quelqu'un va mourir. J'invente toujours la punition pendant que je retire mes chaussures.

« Salut », crie mon père par-dessus le cliquetis du clavier.

Je laisse les baskets sous le portemanteau. Je m'affaisse sur le tabouret de l'entrée. Mon père apparaît au coin du couloir en étirant les bras.

« Comment ça va ? demande-t-il.

– Très bien. »

Je me relève et vais dans la cuisine.

« On se lave les mains », dit mon père.

Au fil des années, ce commandement a perdu toute nuance de couleur ou de chaleur.

Je vais dans la salle de bains sans rien dire, je n'ai même pas le courage d'allumer la lumière. Je soulève le robinet à fond. Mon père se tient à côté : nous nous regardons dans le miroir. Je me rince les mains et les essuie à la serviette pendue à la patère en forme de chien.

Dans la cuisine, je soulève le paquet de céréales, mais il est vide. Comme j'ai mal évalué son poids, il manque de m'échapper en vol plané. Je pioche une mandarine dans la corbeille à fruits.

« Comment ça s'est passé, à l'école ? »

J'ai menti tant de fois que je soupire, si fort que mon père le remarque sûrement.

« Très bien.

– OK. »

Il retourne s'asseoir dans la lueur de son ordinateur, et le crépitement du clavier remplit la maison. J'enfonce les ongles dans la peau moite, orange. Peler le fruit me procure un certain plaisir. De même qu'arracher les filaments blancs sur chaque quartier. Je me plonge dans cette activité au point d'oublier les garçons, le local à poubelles et mon intention d'en parler à mon père. Le duvet blanc tombait doucement sur la table, léger comme la première neige.

Puis le clavier se tait. Je n'ai pas besoin de regarder mon père en face pour savoir qu'il baisse la tête, tord la bouche et tire pensivement sur ses cheveux.

« Aaro, vraiment, je ne sais pas... »

Mon regard est toujours rivé à la mandarine. J'arrache une longue bande blanche à la base d'un quartier.

« Hein, quoi ? »

Je me sens rougir.

« Je veux dire, qu'est-ce que je suis censé penser de ta conduite, là ?

– Quelle conduite ?

– Eh bien, tu ne fais aucun effort pour être sympa avec les autres. »

Sa voix est diminuée, désabusée. J'écrase le quartier baveux dans ma main. Un jus poisseux me ruisselle sur les doigts.

« Comment ça ?

– Tu ne réponds pas, tu ne dis rien, tu ne te soucies pas de moi le moins du monde. »

Je pose la mandarine sur la table.

« J'ai eu une longue journée à l'école, alors j'ai pas la force de répondre tout de suite à des questions bêtes.

– Mais c'est une affaire de bonnes manières, poursuit mon père comme s'il enseignait à un petit enfant à bien se tenir à table.

– Oui je sais mais ici c'est la maison alors on a le droit d'avoir la paix ! »

Ma voix se brise dans un sanglot.

« N'empêche qu'il faut respecter ses parents !

– La ferme ! »

Je jette la mandarine par terre, les pépins et le jus éclaboussent tout le parquet.

« Ce n'est pas à toi de décider qui se tait, ici ! »

Mon père bondit de son siège et se rue sur moi.

« Maintenant, bon sang, file dans ta chambre ! »

Il me traîne par le bras jusqu'à mon lit et sort en claquant la porte. Je reste couché à plat ventre, et le dessus-de-lit s'imprègne de salive et de larmes.

4

Je suis réveillé par la même détonation qu'hier, suivie d'un bruit de scie circulaire. Mais cette fois, cela ne m'énerve pas. Je me dis simplement qu'il y a des travaux. Quelqu'un s'est levé tôt et s'est mis au boulot.

Par contre, je me méfie de la porte de la salle de bains. J'observe sa peinture turquoise, sa poignée métallique qui pendouille. J'imagine une présence derrière. Le vantail pourrait s'ouvrir à la volée.

J'attends cinq respirations. Je saisis la poignée. Elle est froide et si vieille qu'elle bascule vers le bas dès qu'on l'effleure. À mesure que j'entrouvre lentement la porte, les carreaux se révèlent un à un. Enfin, tout le carrelage reluit devant moi. Blanc, brillant, désert. Je franchis le seuil avec un soupir de soulagement, puis je me lave et j'applique sur ma peau les mêmes crèmes des mêmes sept tubes. Dans une heure, il y a une nouvelle séance d'information à l'université, et encore une autre après. J'enfile un jean noir et une chemise bleue, et je décide de sécher les deux réunions.

Dans la rue, je croise un flot d'écoliers, notamment des rebelles à capuche qui marchent de front en traînant les pieds. Leur gestuelle est agressive et désordonnée, leur regard divague sans jamais se fixer. Ils font deux têtes de moins que moi, portent des sacs à dos barbouillés au feutre et des casquettes de rappeur à l'envers, et pourtant, ils pourraient me terroriser d'un simple mouvement de la main. Ou en criant *bouh.*

Les portes coulissantes du grand magasin s'écartent devant moi, et je suis assailli par l'odeur clinique des cosmétiques. Sol blanc, flacons de parfum en rangs étincelants, vendeuses d'une intense beauté. Tout ici dédaigne la réalité, et cela me tranquillise. Un mannequin masculin me fait face, sur un panneau lumineux, au bout du rayon.

Je soulève le parfum Brit Rhythm de Burberry, parce que je trouve le flacon beau et le nom sympa. J'en vaporise sur ma main gauche. Je choisis un autre flacon, Yves Saint Laurent, et j'en vaporise sur la droite. Je ne sens pas la différence.

« Bonjour, je peux vous renseigner ? »

La femme m'aborde avec un sourire très professionnel. Elle a les mains jointes, de longs cils, une teinture sur des cheveux blancs. Son rouge à lèvres scintille sous les spots. Je déglutis et hausse les sourcils cordialement, avec curiosité, comme le fait une personne normale dans des circonstances normales.

« Euh, non, merci, je regarde, je lui réponds en espérant que cela suffira.

– Bien sûr, je vous en prie. »

Mon pouls se stabilise. Mais elle insiste : « Si vous voulez des conseils, nous avons en ce moment une offre chez Armani sur celui-ci… »

Elle attrape un flacon sur un rayonnage, d'aspect sombre

et cubique. Elle vaporise un peu de liquide sur une languette en papier qu'elle me tend. Je me sens bête à renifler un papier pendant qu'on me regarde.

« Ouais, c'est pas mal. »

La femme saisit un autre flacon, cylindrique et noir.

« Il y a aussi cette nouveauté chez Dior, poursuit-elle en aspergeant une autre languette. On est sur une note de lavande et de poivre le plus précieux au monde, auxquels sont ajoutées des particules qui euh… suscitent l'intérêt du sexe opposé. »

Ces derniers mots, elle les prononce très vite, comme si ça lui faisait mal. Je renifle la languette et vérifie le prix. Quatre-vingts euros. Je dis que je dois réfléchir un peu. La vendeuse se détourne avec un petit rire. *J'ai été nul.* Je reste planté devant les étagères. J'essaie de me rappeler combien j'ai d'argent, et je pianote sur la calculette du portable tout en lorgnant les étiquettes. Je prends le Dior, vais à la caisse et enfonce la Visa Electron dans le terminal de paiement sans plus penser à rien.

Étonnamment vite, me promener en ville me donne mauvaise conscience. J'enfonce les écouteurs dans les oreilles et mets un nocturne de Chopin. Quand on écoute Chopin, on peut imaginer qu'on est un personnage dans un film mélancolique mais beau. Malheureusement, cela ne suffit pas à me réconforter, en l'occurrence. Je m'engage dans une cour d'immeuble et m'accroupis derrière un collecteur de papier pour vaporiser mon nouveau Dior. J'espère améliorer l'atmosphère avec ce parfum rafraîchissant destiné aux winners. Cinq giclées : trois dans le cou et deux au poignet. Quand je retourne sur la rue du

Commerce, le parfum m'assaille, puissant et obsédant comme un mauvais souvenir. Je décide de me diriger sans tarder vers la montée du Séminaire, de peur de me parfumer davantage ou de claquer encore mon argent.

L'été dernier, lorsque j'ai appris que j'étais admis à l'université, j'ai répété mentalement *non mais bordel, non mais bordel.* Je scrutais le mot « admis » affiché à l'écran, et je me disais que ça devait être ça, le bonheur absolu.

Maintenant que je monte l'escalier du Seminarium, l'euphorie est passée. À présent, je me demande si tout cela a du sens. Je m'assieds devant la salle pour attendre, appuie mon crâne contre le mur frais, ferme les yeux, écoute le frottement des cheveux. Un piquant effluve de citron jaillit sous mon écharpe. Je la desserre, change de position, mais bientôt l'odeur me taquine de plus belle, avec une intensité dérangeante. Peut-être est-il encore temps de m'enfuir, d'enfoncer les mains dans les poches de mon manteau, les écouteurs dans les oreilles, et de ressortir, d'aller commander un grand cappuccino ?

Un grondement de pas retentit dans l'escalier. Du coup, il est trop tard pour me défausser. Kirsi, Valtteri et la blonde apparaissent au coin du palier. Ils sont suivis par Julia, par une fille qui a un piercing dans le nez, et par Ville, l'autre garçon. Ils ont tous un gobelet de café en carton à la main.

Je salue, hoche la tête, souris. Ils se rassemblent en cercle autour de moi. Ils ne savent pas que je n'ai jamais connu d'expérience similaire. La dernière fois que des camarades de classe se sont rassemblés autour de moi, c'était pour me bousculer et me frapper. Et ils ignorent aussi que, dans la poche de mon manteau, mes doigts sont cramponnés à un blister d'Oxamin.

« Tiens, te voilà, toi, constate Ville.

– Haha ouais », je réponds.

Je pince les lèvres en priant pour qu'un truc marrant me vienne à l'esprit. Mais non, il n'y a que la ventilation qui ronronne ; finalement, une fille parle d'autre chose et je n'ose plus rien dire.

Dans la salle, je m'assieds à côté de Kirsi. *Putain t'as besoin de t'incruster ?* Je respire la bouche fermée. Un homme en veston noir prend place au pupitre tel le pasteur dans sa chaire, laisse tomber de haut sa sacoche brun whisky et démarre un PowerPoint. Il a les cheveux peignés sur le côté et des lunettes Wayfarer.

« Qu'est-ce que la culture ? » peut-on lire sur la toile blanche en lettres massives. Voilà donc de quoi nous allons devoir nous entretenir, pour commencer. Le brouhaha se propage dans l'assistance. Je me tourne vers Kirsi, me racle la gorge, les exhalaisons du Dior me montent au nez. J'avais complètement oublié le parfum, ou peut-être m'y étais-je habitué. Kirsi le remarque-t-elle ? Est-elle en train de tomber amoureuse de moi ? Ou peut-être que ça la dégoûte.

« La culture, c'est tout ce que fait l'Homme », dit Kirsi.

J'enchaîne : « Oui et aussi… »

Me rendant compte que je ne sais pas comment continuer ma phrase, je sens l'incontournable rougeur qui s'épanouit sur mes joues. Et le regard de Kirsi n'est plus seulement un regard : c'est un miroir dans lequel je vois combien je suis nul.

Kirsi voit que je transpire et que mes mains tremblent.

Elle me regarde sous ses longs cils maquillés. Je m'excuse : « Je dois m'absenter, désolé. »

Je me lève et file dans le couloir, où je m'arrête pour reprendre mon souffle au frais.

Dans les toilettes, je baisse les yeux pour éviter le miroir. Je tourne le robinet du côté froid, laisse l'eau gargouiller. Le blister craque, deux pilules me tombent dans la main, blanches comme la neige.

Je passe le reste du cours à dessiner des figures géométriques sur mon cahier. De temps en temps, je me redresse et focalise mon attention sur l'exposé du type au veston. Mais au bout de quelques phrases, les mots s'embrouillent, et je replonge dans un monde de pyramides et de cubes. La nuée de Dior flotte autour de moi, très loin. Ça ne m'importe plus. Même la position de mes jambes ne m'importe plus, et tant pis si mes coudes prennent trop de place. À présent, mon esprit est enveloppé de coussins moelleux.

Après le cours, je contourne le groupe qui sort de la salle. Je tripote mon portable, mais je demande ensuite comme n'importe qui : « Vous allez manger ?

– Ouais, répond Kirsi comme à n'importe qui.

– On va à Libri ? » je demande.

Nous sortons et empruntons l'allée entre les bâtiments rouges. Les feuilles jaune et orangé crissent sous nos pieds. Julia marche à côté de moi.

Je me retrouve au resto U, premier de la file. Je me sers du riz, des galettes de légumes, des feuilles de salade et des tranches de tomate ; lorsque je trouve une table libre et que j'y pose mon plateau, les autres viennent m'y rejoindre. C'est incroyable, inouï, carrément dangereux, mais je les laisse faire.

Je coupe mon steak végétal, porte la fourchette à ma bouche et mâche. L'effet du médicament doit commencer à s'estomper, parce que je suis particulièrement conscient de tout cela. La mastication et la respiration résonnent dans mes oreilles. Les autres parlent de réunions du BDE, de commandes de salopettes, d'écussons pour salopettes. Rien de tout cela ne m'inspire le moindre commentaire. Je repose la fourchette. J'observe la galette de légumes à moitié mangée. Les morceaux de carottes ressortent de la masse jaune.

« Y a une bonne cohésion dans notre groupe, déclare Kirsi. C'est sympa.

– Oui, on est pas divisés en clans, confirme Julia en rigolant. Enfin, pas encore.

– Et tout le monde est bien impliqué, dit la fille au piercing nasal. Sauf Aaro, t'es toujours en vadrouille. »

Je sursaute et la regarde. Elle sourit.

C'était une blague. C'était juste une blague.

« Ben ouais, je dis en me laissant glisser sur mon dossier en mode décontracté. C'était plutôt tranquille, jusque-là. Mais peut-être que maintenant…

– Viens au Heming's aujourd'hui, suggère Kirsi.

– Ouais, pourquoi pas, je réponds en songeant à la soirée à venir et au long parcours d'obstacles qu'il va falloir surmonter.

– Ouais, viens ! » s'exclame Julia.

Ses lèvres dévoilent des dents incroyablement blanches et régulières. Sur l'une d'elles scintille un bijou.

2008

Ce vendredi-là, Emma organise une fête pour célébrer le premier mois de cette année scolaire. Lorsque la maîtresse s'éclipse dans le couloir, la distribution des cartons d'invitation débute.

Toute la classe crie et gesticule, en cercle autour d'Emma. Celle-ci plaque sur sa poitrine les cartons saupoudrés de paillettes violettes et sourit comme une star de cinéma débarquant de son jet.

Noora a droit à une invitation, bien sûr, ainsi qu'Amanda. De même, Aino, Daniel et Matias sont invités. Et Viola, Vilma et Eelis. Oui, même Eelis.

Quand tout le monde a reçu une invitation, Emma traverse le cercle et vient poser une carte sur mon pupitre. Je regarde l'adresse écrite au Stabilo violet, les étiquettes cœurs, les cristaux bordant la carte. Les garçons sont stupéfaits.

« T'as invité ce mec ? demanda quelqu'un.

– Ouais, répondit Emma.

– Moi qui croyais que ce serait une fête cool.

– Si y a çui-là, je viens pas. »

Je baisse les yeux sur mon cahier de maths en faisant

mine de me concentrer sur les divisions. Je n'ai pas touché à la carte d'Emma. Je repasse sur le même huit jusqu'à crever le papier. Tino se rue vers ma place, bousculant les pupitres sur son passage. Il se plante devant moi, se met à brailler et vide le taille-crayon sur ma tête. Il secoue tellement ma table que je dois m'y cramponner à deux mains. Pour finir, il pique l'invitation et la déchire en petits morceaux.

« Arrête ! » crie Emma.

Tino se tourne vers elle : « Je te protège juste de ce blaireau. »

Il fait signe à Matias, qui vient me tirer les cheveux et me hurle : « Alors tu vas venir, hein ? »

Mes yeux ouvrent les vannes. Je vois les affiches sur le tableau en liège, « SOS 112 », « Le lait c'est vachement bon pour les os et les dents » et « La vie est belle, il suffit de s'en rendre compte ». Je vois Emma qui nous observe depuis sa place près de la fenêtre, le stylo devant la bouche, livide. Je peux endurer les insultes, je peux endurer les cheveux tirés et la douleur, mais son regard à elle, c'est trop.

« Non », je murmure.

Matias me lâche, et les gars retournent auprès d'Emma. Tino veut lui caresser l'épaule, mais elle le repousse. Les élèves regagnent leurs pupitres et la maîtresse rentre dans la salle, entraînant avec elle des exhalaisons de café. Tous se plongent dans leurs cahiers. Regards sereins, bruissements de stylos.

5

Les fenêtres du bar flamboient d'un jaune douillet, chacune revêtue de l'inscription « Bar Hemingway's ». Dans mes écouteurs, j'ai *Rock and Roll* de Led Zeppelin à plein volume. Je monte l'escalier quatre à quatre ; depuis la porte, j'aperçois une rangée colorée de bouteilles d'alcool et mon visage dans le miroir derrière celles-ci. Je passe la main dans mes cheveux pour les rectifier, souris à mon reflet entre Jack Daniel's et Jim Beam, puis retire les écouteurs.

Après quatre Corona, je commence à dire des choses. Quand un truc me vient à l'esprit, j'estime pouvoir aussi bien le dire tout haut. Et c'est ce que je fais. À plusieurs reprises, je sors une réplique si marrante que tout le monde s'esclaffe. Du coup, j'ai le visage en feu. Je regarde Julia, ses yeux, sa bouche rieuse.

Les gens rentrent chez eux à tour de rôle. Julia et moi échangeons des coups d'œil furtifs. Elle sourit et, faute de mieux, je lui rends la pareille. Kirsi se lève, enroule son foulard en dentelle autour du cou, ramasse son sac Amnesty International et envoie des adieux désinvoltes en agitant la main. À présent, il ne reste plus à table que Julia et sa copine, celle qui a un piercing dans le nez. Julia pose les coudes sur les genoux, appuie les joues contre ses phalanges et lâche un rire silencieux, sombre, je ne sais pas pourquoi. Je lèche les dernières gouttes de Corona.

« On va à l'Esc ? » demande Julia.

Un frisson me parcourt la poitrine, mais je cache mon enthousiasme en examinant l'étiquette de ma bouteille.

« Sérieux ? demande Henna.

– Ouais ouais. Hein, Aaro ? Tu viens aussi ? »

Je repose la bouteille sur la table et me laisse glisser contre le dossier, tâchant de dissimuler mes sentiments.

« Ouais. Bien sûr. »

Nous montons l'escalier de l'Escape. Un beat synthé nous parvient d'en haut dans le noir. Un chauve revêche prend nos manteaux et nous tend les reçus. Derrière le mur, les lumières bleues balaient la piste de danse. On croirait entrer en scène depuis les coulisses. Nous commandons des rhums Coca.

« On prend aussi des shots ? crie Julia par-dessus la musique.

– D'accord, je dis. C'est ma tournée. »

Une femme tatouée verse l'alcool dans trois petits verres. Je dégaine ma carte égratignée et, la faisant tourner dans l'éclat des lumières, je contemple les couleurs qui se reflètent sur les lettres en relief argentées.

« Fallait pas », dit Julia pendant que je pianote sur le terminal.

Elle sourit, la tête inclinée, et renvoie ses cheveux en arrière.

« Si si c'est bon », je réponds.

Et je me dis que c'est ça, la vie. C'est à côté de ça que je suis passé pendant vingt ans. Toutes les activités auxquelles je n'ai pas osé me livrer : les fêtes à l'école primaire, le voyage scolaire en fin de collège, le bal des anciens, la croisière des anciens, les cortèges rituels de fin de lycée, la croisière des bacheliers. Je me réfugiais à la bibliothèque ou aux toilettes, je lisais ou regardais le mur, et j'imaginais les gens qui se moquaient de moi dans mon dos.

Mais maintenant, c'est fini. J'ai vingt ans et je vis. C'est ce que racontent les films et les séries télé, c'est ce dont parle l'album *Hot Fuss* des Killers.

Autrement dit : c'est ça, la vie.

Nous levons les verres et trinquons.

« Tchin tchin ! » s'exclame Julia.

Je serre les paupières en avalant cette bibine qui a un goût de sirop contre la toux.

Nous empruntons un couloir jusqu'à une salle plus petite où règne une musique douce : le thème au saxo de *Careless Whisper*. Julia et Henna trouvent une table libre et s'installent sur la banquette, côte à côte. Je ralentis, car je ne sais pas si je dois plutôt m'asseoir à côté ou en face de Julia. Je prends une gorgée de rhum Coca et choisis la première option. Sur le siège, je me rapproche d'elle jusqu'à sentir sa chaleur. Une chaleur féminine.

Les filles entretiennent la conversation pendant que je développe mon ébriété et lance des commentaires laconiques par-ci par-là. Elles parlent d'une incantation permettant d'invoquer Satan. Il faut être au bon endroit au bon moment, et scander la formule sur le bon rythme. Alors Satan se pointe et on peut lui présenter des vœux.

« Qu'est-ce que tu lui demanderais, à Satan ? » m'interroge Julia en rivant sur moi ses grandes pépites de chocolat encadrées de cils maquillés, vivement recourbés.

« D'aller au diable. »

Elles rient.

Je finis mon rhum Coca et vais en chercher un autre. Je commence à l'aspirer avec gourmandise en regagnant la table.

Les filles parlent maintenant des célébrités dans leur entourage. Henna connaît un mannequin qui a posé pour le catalogue de Tiger of Sweden. Julia dit qu'elle a un cousin qui joue dans un groupe.

« Je me rappelle pas le nom du groupe. Mais ils ont pas mal de succès. »

Moi, leurs sujets de conversation me sont indifférents. Je ne comprends plus grand-chose. Leurs phrases se mêlent au bruit de fond de la musique. J'observe les yeux de Julia et son visage, son front lisse, son joli nez, ses lèvres au galbe gracieux.

« Et toi, tu connais une star ? » me demande-t-elle.

Je me redresse et remue mon verre pour voir combien il reste au fond. Trois doigts. La rondelle de citron vert avachie flotte dans le liquide. La pulpe a pris une teinte brun noir.

« En fait mon père est écrivain, je dis sans quitter le Coca des yeux. Mais bon, c'est pas une star.

– Ouah ! dit Henna.

– C'est vrai ? » demande Julia en se penchant plus près.

Ses yeux s'écarquillent. Ses iris sont si foncés que, dans la pénombre, ils ne font qu'un avec la pupille. Je ricane.

« Ouais, ouais. Mais bon, c'est rien d'extraordinaire.

– Comment il s'appelle ? Il est riche ?

– Bah c'est pas Stephen King. Mais ses livres sont traduits et tout.

– Il a été à la fête du Palais* ? »

Je pourrais mentir. Qu'est-ce que ça changerait ? Mes tempes palpitent.

« Non. »

Julia me toise en silence. Finalement, elle lâche son rire sombre, chantant.

« C'est pas grave », dit-elle.

Je vais chercher encore un rhum Coca, et je le demande Zero.

Nous sommes si soûls que nos visages flamboient allègrement. Mais les voix s'épuisent. Nous imaginons ce que nous ferons quand nous serons riches et célèbres. Julia et moi échangeons de longs regards, des sourires éloquents.

Henna va aux toilettes. Julia se détourne, les lèvres figées dans leur position béate. Puis elle pose la main sur mon genou.

« T'as la jambe qui tremble.

– Oui, je confirme d'un ton aussi décontracté que possible.

– D'où ça vient ? »

Je prends le verre froid, commence à le faire tourner contre la table, et je me sens enfin capable de dire la vérité. Je pivote vers elle : « De toi. »

Sa main monte sur mon épaule. Je m'appuie contre

* Réception traditionnelle au palais présidentiel le jour de la fête nationale, où défilent toutes les personnalités du pays. *(N.d.T.)*

elle, passe mon bras derrière son dos ; je sens sous mes doigts un chemisier inconnu et, en dessous, des côtes inconnues. Nos visages se touchent. Ses lèvres sont sèches et pulpeuses, et elles s'entrouvrent. Je ferme les yeux lorsque nos langues se rencontrent, et je songe que je ne suis pas digne d'un tel bonheur. Julia s'est trompée, elle va bientôt constater que je ne suis pas celui qu'elle croit.

Non, je ne dois pas penser au bonheur. Devant le bonheur, il n'y a qu'à ouvrir les bras. Mais moi, j'y pense, et c'est ainsi qu'il m'échappe. Henna revient, elle rit en nous voyant, contourne la table et se laisse tomber sur la banquette.

« On va danser ? demande Julia.

– Allons-y », je réponds sans penser à rien.

Nous nous trémoussons en triangle, serrés au milieu de la piste. Je regarde Julia et Henna à tour de rôle, elles gloussent et agitent leurs longs cheveux. Deux garçons apparaissent aux côtés de Julia, l'un dit quelque chose et elle s'attarde avec eux. Elle se tord de rire et secoue la tête. Les types me scrutent, font encore une remarque et s'éloignent. Julia se remet à danser, plus sauvagement. Henna fait un pas vers moi, place la main à côté de sa bouche et crie assez fort pour que Julia l'entende aussi : « Elle se fait toujours draguer, Julia, sérieux, partout. Et maintenant t'es avec elle ! Penses-y quand t'iras au lit ! »

Après *Forever Young*, les lumières s'allument. Il faut cligner des yeux pour s'y accoutumer. Tous les liquides renversés apparaissent sur le sol. Nous faisons la queue pour récupérer nos manteaux puis nous dégringolons dans la rue. L'aube du petit matin éclaircit le ciel. Nous titubons, nous pouffons, malicieux comme des enfants qui ont appuyé sur la sonnette des voisins avant d'aller se cacher au coin de la rue en courant.

« À demain », je dis.

Je veux me mettre à l'abri avant de gâcher ce moment.

« À demain », dit Julia.

Elle avance d'un pas, se hisse sur la pointe des pieds, me fait un bisou rapide.

Je pars de mon côté, manquant de trébucher sur les pavés.

« Bon courage ! » crie Henna.

J'agite le bras et me retourne. Je repasse en boucle les événements de la nuit, me remémore mes mots d'esprit bien accueillis. Dans la cage d'escalier, un poisson d'argent traverse le palier du deuxième, mais ça me fait juste sourire. Je m'appuie à ma porte ; je n'ose pas entrer, mais je ne veux pas retourner dehors. Je voudrais prolonger cet instant, comme si le temps pouvait rester suspendu ici.

6

Je suis réveillé par l'éternelle scie circulaire. La Bering posée sur le bureau indique onze heures et demie. Je vais dans la cuisine à tâtons, bois du jus de canneberge pétillant, à même la bouteille. Ça fait viril décomplexé, de boire au goulot.

Je flanque la bouteille sur l'évier. Les bulles rejaillissent à la surface. Les événements de la nuit dernière me remontent à l'esprit au même rythme. J'ai dit que mon père est écrivain ? Oui. J'ai dansé ? Oui. J'ai appuyé mon front contre Julia, passé mes bras autour de sa taille. Et je l'ai embrassée, mon Dieu. J'ai embrassé Julia.

Je grimace, enfouis mon visage dans les mains, crie bordel. Ça devrait être super, non ? Fantastique ! Tout à l'heure, au comptoir de l'Escape, ne me sentais-je pas vivant ?

Si. Mais j'étais sous la protection du cuba libre. Maintenant, la situation éclate au grand jour, et c'est tout un embrouillamini de risques et de malaises qui me tombe dessus.

Je ne suis jamais sorti avec personne. Je n'ai jamais embrassé personne. Ni même fait de câlins. Oui, c'est vrai, j'ai vingt ans et je n'ai jamais fait de câlins à personne à part ma mère. Jusqu'à la nuit dernière. Et à présent, j'ai l'impression d'avoir commis un crime. J'entrouvre les stores, jette un œil des fois que des gyrophares bleus clignoteraient en bas. Mais je ne vois que l'érable qui rougeoie et une vieille dame chancelante qui traverse la cour avec des sacs-poubelles.

Comme je vais être en retard, je me débarbouille les dents et enfile les premiers vêtements qui me tombent sous la main. Mes cheveux sont figés par la laque, mais j'arrive à les remettre en place en tirant dessus. Si les cheveux vont bien, tout le reste pourra s'arranger.

Dans le vestiaire du bâtiment L, je prends peur devant le miroir. J'achète un café au passage. Je monte l'escalier lentement en sirotant mon gobelet, et je pile net lorsque j'aperçois le dos de Julia.

Julia, Henna, Kirsi et Valtteri forment un cercle à l'entrée de l'amphi. Ils se sourient, bavardent. *Aaro a dansé ! Bordel quoi ? Ouais vous auriez vu ça, ah putain...*

Je gravis les derniers degrés en me passant la main dans les cheveux et en rectifiant les pans de ma chemise. Je tremble tellement que le café éclabousse les marches. Je cherche le blister dans les poches, éjecte une pilule dans ma main et l'avale avec une gorgée de café.

J'arrive à quatre pas du groupe sans être remarqué.

« Salut », je dis.

Julia se ranime, mais baisse les yeux aussitôt. Elle se mord la lèvre. Elle a un épais pull gris en laine et les cheveux attachés à la hâte en queue-de-cheval.

« T'es bien rentré ? demande Henna.

– Ouais », je réponds.

Je cherche un truc marrant à dire, mais j'ai la tête qui bourdonne.

« On va s'asseoir ? » je suggère enfin.

Nous entrons dans l'amphi, moi le dernier. Je guette l'attitude de Julia pour en tirer des conclusions. Une femme déboule devant nous, coiffée d'un foulard oriental. Elle se met à disserter sur l'esthétique de la distanciation. Nous regardons une scène du film *2001, l'Odyssée de l'espace.* Des couleurs fluo rejaillissent sur la toile blanche. De temps en temps, un visage apparaît en gros plan, déformé, couvert par une visière.

Nous nous tenons dans le hall. Julia et moi. Les autres sont partis. Elle se tourne, sort un chewing-gum de son Michael Kors et le met dans sa bouche. Nos regards se rencontrent.

« Tu voudrais… ? je commence presque malgré moi. Tu voudrais aller prendre un café ou quelque chose ?

– C'est une invitation ? »

Plus loin, Kirsi lui fait des signes et se tourne vers les grandes portes. *Qu'est-ce qu'elle fout avec Aaro ?*

Je rougis. Je regarde les bottes de Julia, hautes, presque martiales. Puis elle lâche son rire sombre, et ma grimace se dissout.

« J'ai un cours, dit-elle. Mais après.

– Ouais », je dis.

Ou je soupire, plus précisément.

« Heming's ?

– Ouais.

– Quatre et demie ?
– Ouais.
– Ouais, ouais, ouais », dit Julia.

À 16 h 27, je me tiens devant le bar avec les cheveux cirés, ma chemise la plus chère et une giclée de Dior dans le cou. La semelle de ma tennis droite calée contre le mur, je fais face aux passants. *Pourquoi elle fait la moue, celle-là ? Pourquoi il toussote, lui ?* Ça ne peut pas être normal, de consacrer son temps aux pensées des autres dans une telle mesure. Ou bien les autres pensent-ils à ce que je pense d'eux ? Si c'est le cas, alors tout fout le camp. De toute façon, tout fout le camp.

À 16 h 33, comme Julia n'est toujours pas là, je fonce à l'intérieur et trace direct aux toilettes. Penché sur le lavabo nauséabond, je craque le blister dans ma poche, envoie une pilule dans ma bouche et l'avale. Puis je retourne sur le trottoir et place mes jambes dans le même angle stylé que précédemment.

Je repère Julia de loin. Elle ne marche pas, elle ondule. Pour le prix de ses vêtements, on pourrait entretenir un orphelinat chinois. Elle a des lunettes de soleil rondes, et ne les enlève pas. Quand elle me donne l'accolade, on dirait que son manteau en feutre fait un mètre d'épaisseur.

Je prends du thé vert, parce que j'ai déjà la tête ankylosée par les médicaments. Julia commande du vin rouge. Nous allons à une table près de la fenêtre. Je pianote en rythme avec Jamiroquai. Julia regarde ma tasse dont la vapeur danse dans le crépuscule du bar.

« T'as un peu trop forcé, hier soir ? plaisante-t-elle.
– Ouais. J'te dis pas. »

L'Oxamin pèse sur mes paupières, et j'ai de nouveau la sensation que la vie n'est qu'un rêve.

« Tu regrettes, pour hier ? » je demande.

Julia écarquille les yeux.

« Non. Pourquoi je regretterais ?

– Je sais pas. »

Je prends une gorgée du thé ; il est si chaud que je me brûle la langue, mais je n'en laisse rien paraître.

« Tu regrettes, toi ?

– Non, non, non, non, je réponds en secouant la tête. Je me demandais juste si on va pas un peu trop vite. Enfin… »

Julia éclate de rire et sirote son vin.

Ses yeux convergent sur le verre incliné. De fines aiguilles argentées tintent aux lobes de ses oreilles.

« T'as déjà eu une copine ? » demande-t-elle.

Elle tient son verre comme un stylo, le fait tourner, le liquide ondoie. Je me tourne vers la fenêtre. Un mec passe sur un vélo Tunturi couleur rouille. Bonnet rouge à pompon sur la tête, caisse de bière qui vibre sur le porte-bagages.

« Au lycée, y avait une fille… »

Et pour rendre le mensonge plus crédible, je minimise :

« Mais ça n'a duré qu'un mois.

– Pourquoi ça s'est terminé ?

– Je sais pas… J'étais pas prêt, un truc comme ça. »

Julia acquiesce lentement et émet un long « mmmm » comme si elle pigeait quelque chose. Sans me détacher des clapotis de son vin, je marmonne :

« Chuis… Chuis pas toujours très sûr… de moi.

– D'où ça vient ? »

Mon regard retombe sur mon thé. Je tripote le sous-bock Heineken effiloché.

« Peut-être parce que… Enfin… Bref, peut-être du harcèlement scolaire, tout ça. »

Je maudis les médicaments. Je me maudis d'avoir pris une pilule et de m'épancher sous l'effet de l'étourdissement. Julia repose son verre, passe ses cheveux derrière l'oreille.

« Ça a duré longtemps ? »

Je serre ma serviette en boule, me laisse glisser en arrière et réponds aussi nonchalamment que possible : « Genre cinq ans.

– Et tu l'as dit à personne ? »

Je secoue la tête.

« Mais t'aurais dû en parler ! »

Les yeux écarquillés, elle accentue le dernier mot, lentement, détachant les syllabes.

« Oui. »

S'ensuit un silence pendant lequel Julia consulte son téléphone, Jamiroquai cède la place à Blondie et je me rends compte qu'elle va me considérer comme un loser, maintenant. Je me redresse donc et invente encore un mensonge ou deux :

« Mais bon, c'était pas trop grave, en fait j'avais pas mal de potes. »

Julia glousse devant une photo Snapchat puis plaque son iPhone sur la table, écran vers le bas.

« Qu'est-ce que tu disais ?

– Non rien. Mais toi, comment c'était, à l'école ?

– Assez lourd », répond-elle, le menton dans la paume de la main.

Elle plisse les yeux sur la perle de vin qui scintille au fond du verre, lâche son rire sombre.

« Les mecs me harcelaient parce qu'ils étaient amoureux de moi. »

Elle lèche la dernière goutte, se lève, pose son sac sur la chaise et sourit comme Amélie Poulain.

« Je vais me repoudrer le nez. »

Loser. Pauv'naze. Loser. Chaque fois que je passe devant un petit groupe qui traîne à l'arrêt de bus, je m'attends à être traité de con. Aaro le con. Je pressens un éclat de rire. Pareil dans les centres commerciaux. Je passe devant les jeunes vautrés dans le hall et j'attends d'être apostrophé. *Loser. Branleur.* J'attends des boules de neige.

Or s'apitoyer sur soi-même, n'est-ce pas ce qu'il y a de plus misérable ? Si l'on s'avoue mal à l'aise, les gens se lassent, ils finissent carrément par s'énerver. Ressaisis-toi, qu'ils disent. N'y pense pas, qu'ils disent. Fais pas attention. Donne-toi un bon coup de pied au cul. Les gens s'énervent parce qu'ils ont peur. Les gens ont peur de la faiblesse.

Je ne veux pas faire pitié. Je veux dire ce qui est. J'avais sept ans lorsque la société m'a envoyé dans un établissement où j'ai été roué de coups de poing et de pied, et où m'insulter constituait un divertissement général. Comble de l'ironie, nous étions entourés d'enseignants souriants et d'affiches glorifiant l'esprit de compétition. Mais dès que le cliquetis du trousseau de clés s'estompait et que les surveillants avaient le dos tourné, on pouvait me faire n'importe quoi. Je ne savais pas me défendre. Je ne savais pas répondre. Je ne savais pas frapper. Tout cela semblait extérieur à mon entendement. Je ne savais pas, je n'osais pas, et je m'habituais à ne pas savoir, à ne pas oser. On veut toujours trouver une cause derrière l'absurdité. Autrement, l'absurdité serait encore plus effrayante. Alors je me persuadais que la cause, c'était moi : j'étais fait pour être frappé.

Tout cela, je le sais. Mais cette conscience ne m'est d'aucun secours, en l'occurrence, tandis que je regarde le logo doré MK suspendu au sac de Julia en attendant de voir ce qui va se passer.

Lorsque nous ressortons dans la rue, les enseignes Guinness flamboient de leur lueur chaude devant les bars, et le ciel brille d'un bleu foncé. Nous nous arrêtons au croisement de la rue Väinö, et Julia me prend soudain par la main. Elle me fait pivoter contre elle et me dit que c'était sympa, hier et aujourd'hui. Cela me rend tellement dingue que je lui demande de venir chez moi pour la nuit. Nous cheminons vers la colline. Elle claque des talons tandis que je lorgne les logos sur les façades en essayant d'assimiler le cours des événements. *Pharmacie de l'Université. Katse. Pukumies. Pizzeria Pasargad.* Je me rends compte que je n'ai rien à manger.

« J'ai rien à manger », je dis.

Les talons s'arrêtent.

« *So* ?

– Euh, tu as faim ?

– Un peu.

– Qu'est-ce que tu voudrais ? je demande. On va manger quelque part ou on fait des courses ?

– Tout me va. »

C'est ce que je craignais.

« Moi aussi », je dis.

Julia me regarde sans expression ; tout à coup, j'ai des frissons.

« Bon, on fait comment ? demande-t-elle.

– Si on passait au magasin ? »

Nous retournons sur la rue du Commerce et entrons dans le centre commercial, où nous empruntons l'escalator vers le supermarché en sous-sol. Je me tiens deux marches devant. Ça fait du bien d'être plus petit qu'elle. Je me regarde partout où je me reflète, et je rectifie ma coiffure.

« Qu'est-ce qu'on achète ? » demande Julia en prenant un panier.

Je m'arrête à côté des pommes. Je regarde une vieille dame qui décroche deux bananes d'un régime commerce équitable. Elles sont rassurantes, les vieilles dames. Elles me mettent de bonne humeur.

« Hou-hou, fait Julia en riant et en agitant la main devant moi.

– Euh, ouais, on pourrait prendre… des pâtes.

– OK, dit-elle comme si je venais d'énoncer un fait scientifique. À la viande hachée ou au thon ?

– Chais pas.

– Si j'allais chercher le basilic ? Tu as une minute pour décider. »

Je vais au rayon viande avec l'air de savoir ce que je fais. Je considère diverses pièces de viande puis, décidant de faire impression, je saisis un paquet d'avoine effilochée nature. Lorsque j'aperçois Julia à mi-distance, sa beauté me fait peur, et je la rejoins le souffle court.

7

Julia touille son assiette teintée par la sauce tomate. Sa fourchette tinte.

« T'es pas obligée de finir, je lui dis.

– Non non. »

Je verse l'eau gazeuse dans les verres. Je savoure quelques longues gorgées. Je regarde le ciel qui s'assombrit, strié par les stores. Je déplace les jambes. J'empile les assiettes sur l'évier. Envisageant de garder le reste de la sauce, je tends le bras pour prendre un bol ; mais comme je me rends compte que personne n'en aura plus envie, je racle la casserole au-dessus de la poubelle.

Julia est assise sur le lit, jambes fléchies. Un cœur en cristal pend dans le profond décolleté de son pull. Elle laisse son regard se promener dans la pièce.

« C'est si affreux que ça ?

– Non, glousse-t-elle. C'est vachement bien. »

Penchant la tête en avant, elle laisse ses cheveux tomber en rideau devant son visage pour les démêler des deux mains, puis elle rejette le tout en arrière et fait pivoter son bracelet dans une meilleure position.

« Pourquoi t'as une carte du monde ?

– Ça me plaît, les cartes. Je les connais bien. »

Julia plisse les yeux devant le planisphère.

« Alors, quelle est la capitale de la Suisse ?

– Bah, trop facile… Berne.

– Et de l'Australie ?

– Canberra… Allez, un peu de challenge, maintenant !

– Bon alors celle du Pakistan ?

– Islamabad. »

Sentant que mes yeux brillent et que je montre un peu trop d'enthousiasme, je soupire et trouve refuge sur mon portable. Après avoir laissé passer un temps convenable, je me retourne vers Julia.

« Qu'est-ce que tu voudrais faire ? Dans la vie, je veux dire ?

– Genre, quel est mon rêve ?

– Oui. »

Julia tend les jambes. Elle pose le genou droit sur le gauche et pousse sur les poings pour se redresser.

« Je veux monter une galerie », dit-elle avec des yeux mystérieux.

Elle continue lentement, concentrée, comme si les mots étaient des sculptures en acier :

« Je veux vendre de l'art. »

Perplexe, je cherche à déchiffrer son visage. C'est fou comme le grand rêve d'autrui peut être imprévisible pour soi-même.

Julia montre la bibliothèque.

« C'est ceux de ton père ? »

Les livres de mon père sont alignés sur l'étagère du haut. J'espère qu'elle ne va pas y fourrer le nez.

« Ouais.

– Il fait autre chose, ton père, à part écrire ?
– Oui, il enseigne, tout ça.
– J'me disais bien. »

Julia fredonne. Devrais-je aller à côté d'elle, la prendre par la taille, la renverser sur le lit ? Est-ce que je peux ? Est-ce que je dois ?

Les femmes aiment les hommes qui font preuve d'assurance. Mais si je me levais maintenant pour serrer Julia dans mes bras, il se passerait des choses gênantes, c'est clair, je me mettrais à transpirer ou je ne sais quoi. Alors je reste assis et je réfléchis, cherchant des sujets de conversation et déglutissant jusqu'à ce que ma langue se colle au palais.

« Et toi, alors, c'est quoi ton rêve ? » me demande Julia.

Je cherche une réponse autour de moi, dans les tas de polys sur le bureau, dans les bosses du tapis, dans le dos des livres.

« Je devais devenir coureur… Mais j'ai arrêté. »

Julia hoche lentement la tête.

« Pourquoi ?
– Je ne… J'étais trop stressé. Par les compétitions, je veux dire. J'avais horreur de ça. »

Julia glisse derrière les oreilles les cheveux qui pendent sur son front.

« Alors qu'est-ce que tu vas devenir ? »

Rien, je me dis, et cela me paraît tellement libérateur que j'ose lui dire la vérité :

« En fait, je voudrais écrire. »

Mes joues se mettent à brûler. J'essaie de ne pas grimacer.

« Comme ton père ?

– Dans un sens.

– Tu parlerais de quoi, dans tes livres ?

– De la jeunesse, je dis. D'apprentissage… Un truc dans le genre.

– Tu fais tout ton possible dans ce sens ? »

Elle m'observe, les lèvres saillantes. Je fais tourner un bouton de ma chemise. Ai-je jamais fait tout mon possible ? Et dans quel sens ? J'ai arrêté de courir. Je me suis retiré dans ma solitude. Et si j'avais persévéré ? Tous mes faux pas s'expliquent-ils parce que je n'ai pas fait tout mon possible ?

« Oui », je réponds.

Une lueur bleu fluo brille dans les fenêtres d'en face. Ça me fait peur, de voir chez les autres ; je me lève donc pour tourner les lames du store et vais m'asseoir à côté de Julia. Adossée au mur, elle a les bras autour des genoux. Je calcule comment glisser ma main derrière sa nuque. Comment la prendre contre moi, poser un baiser sur ses lèvres cramoisies, lui enlever son pull. Je répète mentalement ces mouvements tout en déglutissant et en balayant du regard ses cheveux bouclés. Je lève la main lentement, la dirige vers ses épaules, mais elle se penche alors pour prendre son téléphone sur la table et se met à consulter Snapchat. Ma main reste en suspens, je la ramène à moi, fais mine de me masser la tempe et laisse ma paume claquer contre ma cuisse, puis je fais deux fois le tour de l'Afrique sur le planisphère. Comme si les côtes de Namibie et de Zambie pouvaient m'indiquer quoi faire.

« Pourquoi tu t'es intéressée à moi ? » je demande avant de songer que c'est une question qui ne se pose pas.

L'index de Julia s'arrête, perplexe, au-dessus de l'écran. Elle pose son téléphone, la housse argentée se referme.

« Je t'ai remarqué dès le premier jour.

– Ah, comment ça ? »

Le sang martèle mes tempes.

« Tu t'habilles bien. T'as l'air sympa. »

J'aimerais qu'elle continue, qu'elle dise que je suis autre chose, aussi. Mais non.

« Toi, tu es très belle », je lui dis.

Elle fredonne, agite ses cheveux.

« Arrête. On va dormir ? »

J'imagine la sensation de dormir côte à côte, et j'attends que Julia le propose. Mais puisqu'elle ne dit plus rien, je vais chercher le matelas de camping dans l'armoire pour le dérouler comme si j'hébergeais une cousine en visite.

J'enfonce la couette dans la housse, mais je ne trouve pas les coins. Finalement, je lâche tout par terre comme un sac à patates. Heureusement, Julia est en train de se brosser les dents. J'éteins la lumière pour masquer le désordre.

J'entends grincer la porte de la salle de bains. Julia regagne la pénombre de l'entrée. Ses cheveux sont attachés en queue-de-cheval, et elle a un tee-shirt blanc qui tient ses seins tant bien que mal, sur lequel est écrit « Guess ? ». Sa culotte a des rayures rouges et blanches. Je détourne vivement mon regard comme on retire la main d'une cuisinière brûlante. À mon tour, je me plante devant le lavabo. Je n'ose pas affronter la glace. Du coup, je regarde par terre. J'examine chaque carreau. Mais je ne vois pas de bestioles.

J'attends d'être sous la couette pour enlever le pantalon. Je ne voudrais pas que Julia me prenne pour un obsédé sexuel. Le matelas de camping est si fin que je sens la fraîcheur du sol sous mon dos.

« Bonne nuit, je dis en espérant que Julia va m'inviter à la rejoindre.

– Bonne nuit », répond-elle avant de me tourner le dos.

Je suis allongé, le poing posé sur le front. Je regarde au plafond. L'horloge tictaque. Au bout de trois ou quatre minutes, j'inspire profondément et je dis : « On pourrait dormir côte à côte, en fait. »

Julia se retourne et dit d'une voix douce, enrouée : « Ouais, viens. »

Je me lève à tâtons, frémissant d'excitation, et je plonge dans le lit comme un enfant dans une mer de balles. Mais une fois que nous sommes allongés ensemble, je commence à le regretter. Il y a trop de bras et de jambes, dans ce lit. Je me mets à transpirer alors qu'il ne se passe rien. Et mon pénis pendouille, flasque comme une sardine.

« Tu pourrais me prendre dans tes bras ? chuchote Julia.

– OK », je réponds comme on approuverait un plan d'aménagement.

Je glisse une main sous elle, pose l'autre sur ses seins et presse les cuisses contre ses fesses. Son souffle s'accélère. Je respire par le nez pour ne pas lui chauffer la nuque. J'ai l'impression d'avoir une bombe dans les bras, susceptible d'exploser à tout moment si je la touche au mauvais endroit. Tout à coup, Julia éclate de rire.

« Quoi encore ? je chuchote.

– C'est un peu bizarre.

– De quoi ?

– Eh ben… D'habitude, j'ai pas besoin de demander pour que les garçons me tiennent dans leurs bras. »

Tout en moi ralentit, les mouvements, la pensée, le sang dans mes veines. Je voudrais m'enfuir, en forêt, en mer. Pourtant, je garde mes bras autour de Julia, je n'ose pas les enlever.

« Tu n'as pas besoin de me tenir toute la nuit », dit-elle bientôt.

Alors je la relâche et je me lève.

« OK OK, je sais pas faire. »

Je m'écroule sur le matelas de camping et rabats la couette sur moi. Je me sens abandonné et frigorifié… et à la fois curieusement fort. Comme si j'étais enfin maître de moi-même. C'est un sentiment rare.

Julia me regarde, appuyée sur le matelas telle une sirène sur le rivage. Puis elle retombe en position horizontale et respire profondément.

2008

À l'heure du déjeuner, les garçons me jettent des cailloux, et j'ai mal à la gorge à force de retenir mes sanglots. Je n'en peux plus, je suis au bout du rouleau. Je cours dans la forêt derrière l'école, sans ralentir jusqu'à ce que les cris s'estompent derrière moi.

Le sentier monte, contourne un massif rocheux, s'effile dans le lointain, disparaît sous les feuillages. Je m'arrête au niveau du roc. Ça me fait peur, d'être si loin de l'école. J'ai quitté depuis longtemps le périmètre de la cour. Une mousse sombre, flétrie, couvre la paroi rocheuse. J'inspire l'automne à pleins poumons. Je ferme les yeux. Appuyé à la pierre, je sens la chaleur sous mes mains. J'imagine les rayons du soleil qui se transmettent du rocher à mes bras, m'illuminant tout entier.

Quand je rouvre les yeux, le spectacle me fait sursauter.

Un renne m'observe entre les pins. Le museau gracieux, comme sculpté dans un bois délicat. Les oreilles dressées de curiosité. Des yeux calmes mais déterminés, tels deux profonds étangs noirs. De longues pattes musclées.

Nous nous regardons sans bouger. Mes lèvres esquissent

un sourire retenu. Si je souriais trop, l'animal prendrait peur. Il partirait en courant.

Le renne gratte la terre. Il ne se retourne pas, ne s'enfuit pas. Je ne vais pas lui faire du mal. Il le sait. Ma poitrine s'emplit d'une chaleur délicieuse lorsque je me dis qu'il n'a rien à craindre. Je suis un ami. On dirait que nous avions rendez-vous.

« Salut », je chuchote.

L'animal ne bronche pas. Je n'ose pas détacher mon regard de ses yeux. Tout est silencieux, pareil à un conte.

« Je n'ai personne à qui me confier, je murmure. Et on me persécute. »

Le renne m'observe.

« On me hait. »

Je suis sûr qu'il comprend. Il fait demi-tour sans se presser, comme si mes paroles lui donnaient à réfléchir, puis il s'éloigne au pas de course. La forêt craque, pendant un long moment.

8

« À quoi tu penses ? » demande Julia.

Elle est assise dans le lit, la couverture sur les genoux, les cheveux en bataille, le regard encore engourdi de sommeil. Elle est enroulée dans les draps comme un fruit exotique dans son écorce.

Je vais m'asseoir à côté d'elle tout en lorgnant par la porte de la cuisine ; je tressaille devant chaque tache, chaque miette de pain, je les surveille assez longuement pour être certain qu'elles ne bougent pas.

« À quoi tu penses ? » répète Julia.

Les étendues désertiques du Canada et de la Sibérie s'étirent vers les bords de la carte.

« Beeen… je bêle. Je me demande si on est vraiment faits l'un pour l'autre.

– Non », répond Julia du tac au tac.

Son ton est tellement résolu que j'éclate de rire sans le vouloir. Elle se lève, tend les bras au plafond, se hisse sur la pointe des pieds. Ses mouvements sont énergiques, pleins de joie et de nouvelles aventures.

« C'est super, dit-elle. Super que ça se soit passé sans complications. »

Elle enfile son jean noir, prend le pull sur le siège de bureau et l'enfile par la tête. Elle sort une brosse de son sac et se démêle les cheveux. Par moments, elle secoue la tête et rigole.

« C'est merveilleux, ça fait très adulte. Bref, je veux pas dire que tu me dégoûtes ou quoi… »

Elle rit avec la main devant la bouche, se balançant d'avant en arrière.

« Je dis juste que c'est bien qu'on soit pas allés plus loin », poursuit-elle en prenant son manteau génial avant de se pencher pour se chausser.

Elle montre mon sac à bandoulière pendu au portemanteau.

« Au fait, c'est un faux Longchamp, ça ?

– Non, je mens.

– OK, dit-elle en ouvrant la porte et en agitant la main. On se voit en cours. »

Le heurtoir tinte et continue de résonner tandis que Julia dévale l'escalier. Son parfum est resté sur la taie d'oreiller.

Dès que la porte claque en bas de l'immeuble, j'arrache le planisphère et le jette dans la baignoire. Tandis que je secoue la boîte d'allumettes en regardant les continents bosselés, je me rends compte que ce serait stupide de brûler un poster aussi grand. Je replie la carte et vais la poser sur la pile de prospectus.

Les semaines suivantes, je reste assis dans le hall de la bibliothèque universitaire. Je regarde les étudiants qui entrent et sortent : pourquoi doivent-ils tous être si beaux, bordel ? Je rends les devoirs à la dernière minute et obtiens des notes passables. J'aimerais que mes parents téléphonent, mais quand ils finissent par m'appeler, je réponds juste « ouais », « mmh » ou « très bien ». Je fais les cent pas au bord du lac Jyväs. Après la pluie, le soleil flamboie derrière les arbres et le monde s'emplit d'une lumière légère, cristalline. Sur la rive opposée, parmi le vert des conifères jaillissent du jaune, du rouge et de l'orange : les couleurs se reflètent sur le lac et y brillent, tel un paysage peint sur papier par un enfant et laissé à sécher dans une salle de classe déserte.

9

Fin novembre, je donne des coups de pied dans le mur de l'université et me décide à appeler. Des feuilles d'érable traînent encore sur le pavement du campus, maintenant brunes et gluantes. Les flocons gelés rebondissent dessus. Je glisse la main dans la poche du manteau, serre le blister dans mon poing, écrase les capsules vides et porte le téléphone à mon oreille. Une voix féminine énonce : « Fondation de la santé étudiante. *Studenternas hälsovårdsstiftelse. Finnish Student Health Service.* Si vous voulez une assistance en finnois, tapez 1… »

Je tape des chiffres jusqu'à entendre un piano grésillant. La musique est si belle que la lumière aux fenêtres des bâtiments s'allonge et sautille, et je dois sortir le poing de ma poche pour essuyer les larmes avec le dos de la main.

À cet instant, la mélodie s'interrompt. Je me racle la gorge et déglutis, je pince les lèvres. Mais c'est la même voix qui déclame : « Nous vous rappellerons aux heures d'ouverture de notre service. Si vous souhaitez être appelé à une heure précise… »

Je lâche le portable dans ma poche.

En arrivant chez moi, j'inspecte la salle de bains avant même d'enlever le manteau. J'allume la lumière et, soudain, je le vois. Un poisson d'argent long comme le doigt est en train de ramper sur la paroi de douche. Ses antennes remuent.

Je claque la porte, m'appuie au mur et chuchote « non non non non non ». Mes jambes défaillent et mon cœur bat si fort qu'il semble s'arrêter net entre deux coups. Lorsque je parviens de nouveau à avaler et à respirer, je tourne doucement la poignée. J'entrouvre la porte. Peut-être ai-je tout imaginé.

Non. La bestiole noire brille sur l'éclat des carreaux. Je referme, cette fois avec calme. J'enfile mes tennis, passe mon sac à l'épaule. Je sors sur le palier et claque la porte, la main posée sur le bois. Je lis mon nom sur la fente à lettres, pivote lentement sur mes talons et descends dans la cour.

Dans la rue, les flocons gelés picotent le visage. Ça fait du bien. Je ne me demande pas où je vais. La carapace noire de la larve et ses antennes broussailleuses clignotent dans mon esprit, j'ai l'impression que l'insecte rampe dans ma tête. Je parcours la rue du Commerce de long en large, fais demi-tour au niveau du parc de l'Église, me laisse porter jusqu'à Sokos et fais encore demi-tour. Illuminations de Noël dans les vitrines. Bientôt Noël. J'ai passé un semestre à l'université, et qu'est-ce que j'ai appris ? Qu'il y a des insectes dans ma salle de bains et que la culture, c'est tout ce que fait l'Homme.

Je m'arrête devant la vitrine de l'horlogerie. Les Citizen tictaquent les unes à côté des autres, confrontant leurs cadrans brillants. Je vérifie dans la banque en ligne où en sont mes économies. Mille deux cents et des brouettes. À Noël, je vais devoir retourner bosser au supermarché.

J'entre et achète une Tissot. Après l'horlogerie, je me rends à Sokos et fais l'acquisition d'un sweat J. Lindeberg avec fermeture Éclair dorée qui coûte cent quarante-neuf euros. Puis je descends l'escalator vers le rayon cosmétique pour me procurer une brosse à dents, du dentifrice et un pot de cire capillaire Osis.

La façade de l'hôtel brille comme un sapin de Noël. Un jazz languissant enveloppe le hall. À la réception, j'aperçois une femme qu'on pourrait prendre pour une princesse royale de Suède. Elle a des cheveux foncés, bouclés, un regard plein d'assurance et des boucles d'oreilles rouges.

Je me glisse au comptoir et organise les mots dans ma tête.

« Excusez-moi, vous n'auriez pas une chambre libre pour ce soir ? »

Je déclame ma réplique comme si je passais l'examen d'entrée au conservatoire, et je hausse les sourcils en souriant pour que mon interlocutrice voie bien que je ne suis pas fou, pas dangereux, juste un type sympa qui fait partie de ce monde et ne veut de mal à personne.

Elle se penche sur son ordinateur, clique avec la souris, regarde l'écran.

« Nous aurions des disponibilités au quatrième ou au sixième, vous avez une préférence ? »

J'opte pour le sixième. Elle me tend un formulaire, que je remplis en tremblant d'une écriture de CP. Je reçois la carte magnétique, et l'hôtesse laisse entrevoir un sourire, artificiel comme un Coca cerise. Mais un souffle chaud n'en passe pas moins dans mon ventre. Lorsque les portes de l'ascenseur se referment, je lève les index, claque la langue et dis « oh yeah ». C'est affreusement triste à entendre.

Dans la chambre, je m'affale sur le grand lit blanc. Le matelas s'enfonce. Ça sent le détergent et l'air conditionné. Les fenêtres sont hautes comme le mur, et j'y vois les milliers de lumières des immeubles. Je pense aux autres étudiants dans leurs piaules. Je pense à Julia. Je pense à la bestiole qui rampait dans mon studio. Je me sens comme quand on jouait à cache-cache dans mon enfance, quand je trouvais une si bonne planque que je commençais presque à m'ennuyer. Je suis au-dessus de tout. Juste pour cette nuit, certes, mais quand même.

J'allume la télé et l'éteins aussitôt.

Je me tourne vers le minibar et prends une mignonnette de Grant's. Je sors mon dernier blister de la poche du manteau. Il ne reste que deux pilules. Je les éjecte de leurs capsules. Les petits ronds blancs me fixent depuis la table. Une paire d'yeux.

J'avale les médicaments avec le Grant's, enfile mon nouveau J. Lindeberg et ressors en ville. Je veux essayer encore une fois. Essayer quoi ? Je ne sais pas. La liberté, la vie. Ce truc dont tout le monde parle.

L'Escape est un vaste flot de danses, de visages rieurs, de stroboscopes. Ici, tout est comme avant, les strobos tiennent bon. Je me promène au milieu de cette fête et je me fiche de tout, même du regard des gens. Mes yeux ne fuient pas. Je suis dans une bulle, isolé, enveloppé par les vapeurs médicamenteuses. Personne ne peut me faire mal. Je commande un gin tonic et le sirote pendant un morceau d'Avici. J'en commande un autre. Je repère deux filles, elles dansent comme dans les films ou dans un clip. Je ne savais pas qu'on pouvait danser comme ça en vrai.

« Vous êtes vraiment belles », je leur dis.

Elles rient, échangent une mimique, se demandent sans paroles *comment on s'en débarrasse, de çui-là* ? Mais je m'en fiche aussi. J'espère que ce n'est encore qu'une erreur d'interprétation.

« Vous voulez du champagne ? je demande. C'est ma tournée.

– On a pas besoin. »

J'aspire une longue gorgée à la paille.

« Sérieux, je peux vous l'offrir. Tout ce que vous voulez.

– On a besoin de rien. »

Je me détourne et vais m'asseoir sur une banquette en titubant.

Une fille de petite taille aux cheveux rouges apparaît à côté de moi. Je me penche vers elle :

« T'as de beaux yeux, tu sais. »

Elle rigole.

« Personne dit plus ça.

– Moi si.

– Comment tu t'appelles ?

– Aaro. »

Tout à coup, je me rends compte que je suis vraiment là, que j'existe vraiment.

Je prends une longue gorgée de gin tonic.

« Moi c'est Laura.

– OK. »

Elle vient se coller à moi, passe le bras derrière mon dos. Je caresse ses épaules. Je la serre contre moi. Nous nous regardons dans les yeux – enfin, il me semble. Je suis tellement soûl et dans les vapes que son visage n'est qu'une tache blanche qui flotte. Nous joignons nos lèvres. Nos langues se lèchent.

« Tu me veux ? » chuchote-t-elle.

Non, je pense. *Je veux n'importe qui.*

« Bien sûr », je chuchote en mettant la main entre ses jambes et en palpant la vulve à travers le jean.

Je ferme les yeux. Tout à coup, elle se lève.

« Je vais aux toilettes, dit-elle. Je reviens. »

Je réponds par un sourire las et un hochement de tête. J'attends une minute, deux, cinq. Les morceaux s'enchaînent et les gens s'écoulent dans toutes les directions. Le monde vole en éclats de détails isolés : regards, tintements de verres, mots, cris. La fille a disparu.

Au bout d'un quart d'heure, je me lève. Je vais chercher un dernier gin tonic et me promène à travers les salles avec ma boisson à la main, tel un vaisseau fantôme. La musique de fond est *I Will Always Love You*. Quatre garçons en salopette blanche me doublent, une épaule me bouscule, mon verre m'échappe et se brise par terre avec un joli son cristallin. Je m'émerveille devant les morceaux comme un enfant devant le père Noël.

Je rentre à l'hôtel en taxi.

Dans l'ascenseur, je m'appuie au miroir des deux mains.

J'observe mes paupières tombantes.

Mon visage flasque.

Dans la chambre, je me précipite dans la salle de bains pour essayer de me branler ; comme ça ne vient pas, je me mets à vider le minibar méthodiquement de gauche à droite. Je m'adosse au pied du lit, le Jägermeister me fait grimacer. Je zappe jusqu'à ce que je tombe sur MTV, et je me fige devant les images qui s'enchaînent.

Je me réveille par terre, à côté d'un truc rouge gluant. Je crois que c'est de la sauce tomate, puis je me rappelle la nuit dernière et me rends compte que c'est mon vomi. Au milieu de cette croûte séchée sur le parquet, je distingue une poudre brun foncé. La porte du minibar est grande ouverte. Resté allumé, le téléviseur scintille et gueule, Bruno Mars danse devant une limousine blanche. Je ramasse la télécommande et coupe ce vacarme. Cependant, l'écran noir est si froid et désolant que je remets MTV et monte le son.

Un picotement pressant me monte à la gorge.

Je n'ai pas le temps d'atteindre la cuvette. Un acide rouge jaillit dans le coin-douche. Je m'affaisse par terre, tousse, regarde les perles orangées qui coulent sur les carreaux d'un blanc éblouissant. J'entends *Uptown Funk* à fond derrière la porte. L'aiguille de ma nouvelle montre continue de tourner, parfaitement indifférente. Je remarque que j'ai encore le temps d'aller en cours.

La première neige tombée pendant la nuit couvre la rue d'un voile de sucre glace. Ça sent les noëls de mon enfance. Pendant que je me promène au bord du lac Jyväs, je calcule que j'ai claqué plus de cinq cents euros, hier. Trop tard pour les regrets. À présent, il faut rester debout.

Dans la montée du Séminaire, je dois m'arrêter tous les dix pas. Je m'appuie sur mes cuisses en haletant. J'ai le palais qui palpite. Je crache dans des empreintes de chaussures inconnues, ma tête bourdonne et la réalité environnante vacille. Sur les bords de la route, les branches des sapins scintillent, neigeuses et touffues comme sur un dessin.

Je passe en titubant devant la blancheur éclatante du bâtiment L, continue jusqu'au bâtiment principal puis au Seminarium. Une précieuse odeur de boiseries flotte dans le hall, et le grincement des marches résonne sous la hauteur du plafond. Tout le monde est déjà assis dans la grande salle, et l'exposé de la prof me parvient par les portes ouvertes. Je fais un crochet par les toilettes, m'appuie sur le lavabo, lève lentement les yeux vers le miroir. Je me penche si près que je vois mes pupilles qui se dilatent et se rétractent. Deux étangs noirs miroitants. Les vaisseaux éclatés fendent le blanc tels des éclairs rougeâtres. Je sors la cire de mon sac et la malaxe dans mes cheveux. Pour finir, je croise les bras et respire profondément, et je me dis que je ne suis pas nul. Des fois il faut y croire, parce qu'on n'a pas le choix. C'est un de ces moments-là.

Sur le seuil de la salle, je trébuche et m'écrase contre la porte, qui va claquer dans le mur. Quatre-vingts têtes se tournent vers moi. La prof, une femme trapue d'un certain âge, interrompt son cours. Elle se mord la lèvre, froisse ses notes. Je lui adresse un sourire contrit. Julia me regarde au premier rang, et j'attends un sourire de sa part. Mais non, son visage reste dur. Elle se détourne, se penche sur son cahier et se met à dessiner. Je me faufile au dernier rang, le plus loin possible des autres. J'ai mal au cœur. Je n'ai pas la force de sortir du papier ou un stylo. J'enfonce la tête entre les doigts pliés et pique du nez, jusqu'à ce que mon front palpitant m'oblige à me redresser. Dans un coin de la salle, il y a un piano à queue ; je le regarde, le soleil levant fait ressortir la poussière posée sur le couvercle noir. Je ne comprends pas de quoi parle la prof, les mots rebondissent sur les murs, s'entrechoquent et m'écrasent les paupières. Cinq minutes passent, dix, quinze.

« Quelle est la différence entre courir et marcher ? »

Je reviens à moi. L'enseignante est fièrement campée devant nous, les mains derrière le dos. Elle toise l'assemblée avec les yeux plissés. Je me demande pourquoi elle pose cette question : c'est censé être un cours de finnois.

« Eh bien, il n'y a pas de coureurs, ici ? »

Le chauffage ronronne. Par les hautes fenêtres, des lignes lumineuses obliques tombent par terre.

Je lève une main tremblante. La prof tend le menton. Je me racle la gorge, regarde mes tennis mouillées, puis redresse les yeux vers elle : « Courir, c'est quand on a les deux pieds en l'air entre deux appuis, sans toucher terre. »

La prof me regarde en silence. Cela dure si longtemps que c'en est inquiétant. Puis elle s'éclaircit la voix et répond : « Exactement. »

Après le cours, je file au café de la bibliothèque et achète un petit pain au fromage, trois barres chocolatées et une bouteille de Pepsi. Je traverse le hall avec mes achats dans les bras, et je me dis que je devrais me coucher, je ne demande rien d'autre qu'un support moelleux sur lequel m'écrouler. Un canapé tout doux m'attend devant la paroi vitrée, en toile de voile. Je m'y affaisse, le crâne appuyé contre la vitre fraîche, et je dévore le petit pain. Il a un goût miséricordieux. On dirait qu'il me protège même de la honte et de la culpabilité. J'avale les barres chocolatées d'une traite et bois la moitié du Pepsi sans reprendre mon souffle. Je n'ai pas la force de revisser le bouchon à fond ; mes paupières tombent vite et je m'endors avec la bouteille sur les genoux.

Quelqu'un me secoue l'épaule. Je me réveille en sursaut et vois Kirsi devant moi.

« Tout va bien ? » demande-t-elle.

Mon sweat J. Lindeberg est trempé sur le ventre. Une tache foncée, uniforme, est étalée sur l'entrejambe du pantalon. Par terre, la bouteille vide gît au milieu d'une flaque brune. Je contemple les dégâts : « La réalité physique et moi, on n'a jamais fait bon ménage. »

Kirsi ne rit pas.

« Qu'est-ce que t'as fait ? »

Je regarde autour de moi pour m'assurer que personne n'entend.

« Des bêtises.

– Lesquelles ?

– Bêtes. Enfin, je suis quand même allé à l'Esc.

– Pour de vrai ?

– Ouais.

– Seul ?

– Non… »

Je me rends compte que je ne suis pas en état de mentir.

« Enfin, si. Dans un sens, ouais.

– Oh-ho.

– Voilà.

– J'aurais pas cru.

– Moi non plus. »

Kirsi s'en va. La mare de Pepsi à mes pieds me rappelle un peu le continent australien. Je ramasse la bouteille et sors. Je vérifie si le centre médical a cherché à me joindre, mais l'écran n'indique pas de nouvelles notifications. Je sélectionne le dernier numéro dans le journal d'appel et lève le portable à l'oreille. « Fondation de la santé étudiante. *Studenternas hälsovårdsstiftelse. Finnish Student Health Service.* Si vous voulez une assistance en finnois… » La musique d'attente est aussi belle qu'hier, et elle est interrompue par la fameuse voix féminine : « Nous vous rappellerons… »

En rentrant chez moi, au niveau du parc de l'Église, je jette dans une poubelle le blister d'Oxamin vide qui traînait dans ma poche. Je passe acheter un grand flacon d'insecticide.

Je crie « DAÏÏÏÏÏÏÏÏ » en aspergeant de produit la salle de bains et la cuisine.

Une semaine plus tard, je m'appuie au dossier du siège et contemple les lumières qui défilent à la fenêtre tandis que le car démarre. Je souris prudemment en songeant à l'automne qui s'achève, semestre qui devait marquer le commencement de ma nouvelle vie. Rien n'a commencé. Humainement, je n'ai pas progressé. Ça ressemble plutôt à une régression. De plus, les études sont d'une étrange oisiveté ; certains cours débutaient au milieu du semestre et se sont essoufflés lorsque les premiers chants de Noël retentissaient sur les marchés.

Tandis que le car passe devant l'université, je ferme les yeux, j'écoute le vrombissement hypnotique du moteur et élabore dans ma tête les phrases avec lesquelles je répondrai aux questions de mon père.

Le véhicule fonce à travers des forêts noires. À la fenêtre, je ne vois que mon propre reflet, les silhouettes des arbres défilent à travers mon visage. De temps en temps, la forêt disparaît, cédant la place à un champ ou à un lac, au vide.

NOËL

1

Quelque part entre Jämsä et Kuhmoinen, mon portable vibre, et un signal de nouveau message apparaît à l'écran. Je reçois en moyenne trois messages par semaine, et chacun me ravit. Peu importe le contenu : le bonheur réside dans le fait qu'on a pensé à moi à cet instant précis et que je vais pouvoir ouvrir la surprise tel un colis.

Salut Aaro. Tu viendrais à ma fête de diplôme samedi semaine prochaine ? On fait ça à Suomenlinna. À+ Sanna.

Ces messages-là, on les reçoit lorsqu'on ne les attend pas le moins du monde. Combien de soirées j'ai passées assis dans mon studio ou à une table au fond du café universitaire, cet automne, à consulter la banque en ligne et à attendre ! Un message, un appel, un like sur un post Instagram. N'importe quoi. Avec quel désespoir je guettais les gens qui défilaient devant mes yeux en espérant que l'un d'eux viendrait s'asseoir à côté de moi et me demanderait comment j'allais ! C'était un vœu déplacé, de ma part, vu que je ne posais cette question à personne et que je n'osais pas liker les photos des autres. Mais ça ne m'empêchait pas d'attendre un miracle, un gros lot, un don de grâce. Et en même temps, je savais que si on venait réellement se poser à côté de moi, ce ne serait que le début de nouveaux ennuis, car je devrais alors inventer un truc à dire.

Or maintenant que l'automne est révolu et que tout est passé, voici que le destin m'offre cette étincelle. Comme si le bonheur n'osait montrer le bout de son nez que lorsque nul ne l'attend plus.

J'envoie ma réponse sans réfléchir :

Félicitations pour le diplôme, bien sûr que je viens à la fête !

Je suis un peu surpris que Sanna m'invite ainsi au dernier moment. D'un autre côté, elle n'a jamais été très à cheval sur le calendrier. Je me blottis contre le dossier, ferme les yeux et m'absorbe dans la sensation chaleureuse d'avoir enfin quelque chose à attendre.

Sanna. L'une des rares personnes que j'aie pu appeler du nom d'« amie ». En cours de géographie, au lycée, nous avions dû préparer un exposé ensemble – vraisemblablement parce qu'aucun de nous n'avait trouvé de binôme –, après quoi nous étions allés prendre un café en tête à tête. Je n'ai pas de souvenir précis des circonstances, mais il est certain que ni l'un ni l'autre n'avions la moindre arrière-pensée. Peut-être avions-nous simplement croupi trop longtemps dans nos solitudes respectives, en marge de tous les bavardages d'interclasse : lorsque le hasard nous a mis en contact, nous avons cherché du réconfort l'un près de l'autre.

Un soir d'octobre brillant de pluie, assis dans la lueur d'un lustre blafard, nous regardions les gouttes qui fouettaient la vitre et brouillaient les enseignes lumineuses de la place.

Sanna déplaçait sa bouteille de Pepsi Max sur la table. Quand nous étions passés devant la vitrine garnie de divers gâteaux au fromage et de brioches à la cannelle encore chaudes, elle avait paru confrontée à un spectacle insoutenable sur lequel elle ne pouvait même pas poser un regard désapprobateur. Je convoitais un assortiment fraise-citron mais, dans la crainte de sa réaction, j'avais fini avec un simple thé vert.

Elle avait à peine trempé les lèvres dans son Pepsi. J'ai dû lorgner la bouteille un peu trop longtemps, car elle a déclaré sans préavis : « Anorexie. »

J'aurais voulu hocher la tête, mais je n'y suis parvenu qu'à moitié. Elle a poursuivi, comme si elle regrettait son aveu : « Enfin, il en reste quelques vestiges. »

J'ai ravalé une flopée de questions : pourquoi, quelle gravité, *depuis quand*... avant de dire : « Ah. OK. »

Et puisque l'écho bizarre de mes monosyllabes flottait autour de nous comme une odeur nauséabonde, j'ai ajouté : « Je suis vraiment désolé. »

Silence. Le refrain de Prince dans le coin du plafond n'en finissait pas.

« Moi aussi, on... Enfin, on me persécutait à l'école. »

J'ai baissé les yeux sur la table, puis sur la pointe de mes tennis. La fameuse honte aveuglante m'accablait.

« En fait c'est pour ça je suis venu au lycée à Lahti », j'ai ajouté.

Euh, bordel, quoi ? Essayais-je de me vanter d'avoir mes propres problèmes, d'avoir des difficultés, moi aussi ? Mon intention était pourtant de soutenir Sanna, de lui prouver qu'elle n'était pas seule, que je comprenais ce qu'elle ressentait quand… Je préférais cette dernière hypothèse, mais je savais que la première n'était pas moins vraie. Qu'allais-je imaginer ? Étais-je en train de mendier la pitié d'une patiente anorexique ? Je ne détachais plus le regard de mes pieds. J'imaginais la tête de Sanna, ses yeux au ciel et sa bouche tombante. *Ah putain encore un con, encore une merde égocentrique qui comprend pas.*

Mais non, finalement, elle souriait, et une nouvelle lueur s'était allumée dans ses yeux, une lumière chaude.

Après l'internement de Sanna, nous nous sommes vus plus rarement. J'allais au centre hospitalier, je m'asseyais dans le hall du service psychiatrique et j'attendais l'heure des visites ; j'appuyais alors sur la sonnette en forme d'interrupteur, je guettais par la vitre grande comme une feuille de papier l'arrivée d'une infirmière qui secouait un trousseau de clés et j'annonçais que je venais voir Sanna ; puis celle-ci apparaissait au coin du couloir, silencieuse, pâle, presque grelottante, elle me serrait dans ses bras, et j'avais peur que l'infirmière me prenne pour son petit ami. Comme ses côtes et ses vertèbres saillaient à travers son tee-shirt noir, je devais faire un effort de concentration pour ne pas retirer mes mains brusquement. Nous allions dans sa chambre, regardions autour de nous et soupirions longuement avant que l'un ou l'autre se décide à parler. Lit défait, livres dispersés par terre, cahiers aux pages arrachées, paroles de chansons écrites au Stabilo rouge. Fenêtre où flamboyaient des sorbiers enneigés ou je ne sais quoi, très beaux et inaccessibles.

Après ces visites, nous ne nous sommes plus jamais revus. Il y a eu quelques messages WhatsApp occasionnels, puis cette correspondance s'est également tarie. Je ne prenais pas de nouvelles de Sanna, je ne la suivais même pas sur Instagram. Avais-je peur du service confiné, avec ses chambres et ses couloirs, son canapé décoloré dans le coin-cuisine, ses pièces de puzzle emmêlées sur la table parmi les taches de café, tout cela hanté par le spectre de la maladie ? Pressentais-je que j'aurais très bien pu croupir là moi-même, que ce serait peut-être le cas un jour, lorsque ma bulle de chemises, de bonnes notes et de plans ambitieux finirait par éclater ?

Ou notre perte de contact s'expliquait-elle, comme d'habitude, parce que je n'avais confiance en personne et esquivais toute fréquentation ? Parce que tôt ou tard, je retrouvais chez les gens un certain côté qui me faisait peur, que j'étais incapable d'affronter, qui me poussait à m'enfuir en courant ?

Le blason de ma commune qui apparaît dans les lumières du car me rappelle à la réalité. Je repense au travail matinal, à l'obscurité et au silence du village, et je me rends compte que je vais devoir passer quatre semaines ici. Nulle part je ne suis bien. Sauf à bord de ce car, dans ce berceau qui oscille entre les réalités.

Mon père m'accueille sur le parking désert, debout contre une Toyota. Il est fidèle aux japonaises. Le car regagne la route, et son vrombissement se dissout bientôt dans le silence. Je tire ma valise et regarde mon père en me demandant quelle tête composer. J'essaie de sourire, mais je ne le sens pas.

« Salut, dit-il.

– Salut. »

Il empoigne mon sac pour le lancer sur la banquette arrière. Il s'assied au volant et démarre aussitôt. Les phares pénètrent l'obscurité, révélant une fine chute de neige, si fine que les flocons s'élèvent dans l'air plus qu'ils ne tombent à terre.

« Comment s'est passé le voyage ?

– Très bien », je réponds en regardant la route.

De tout ce que j'ai préparé dans le car, jolies phrases et grandes confessions, il ne reste que de gros blocs gelés au fond de ma tête. Je n'ai aucune prise. Je regarde la main de mon père, posée sur le levier de vitesses, détendue. Nous empruntons le pont. La rivière dort, noire comme un boa mort. L'enseigne du S-Market diffuse sa lumière bleue, le logo rond de la Banque coopérative rayonne au-dessus des toits comme une pleine lune. Tout cela, je l'avais laissé derrière moi, je l'avais dynamité. Et pourtant, je ne m'en suis pas échappé. Je regarde le parking du supermarché, les portes coulissantes fermées, la route par laquelle je me suis tapé mille trajets scolaires, et je suis pris de vertige, alors je ferme les yeux et j'énumère mentalement les principales villes de Norvège. Oslo, Bergen, Trondheim.

Nous nous engageons dans la cour. Il y a tant de neige, ici, qu'elle crisse sous les semelles lorsque nous marchons entre la voiture et la porte.

« Bienvenue à la maison, dit mon père.

– Merci. »

J'essaie de sourire et de le regarder dans les yeux. J'y parviens presque.

L'entrée est encombrée de sacs de tennis, d'étuis de raquette et de chaussures roses de sport en salle. Sortant de la cuisine, ma mère débarque au milieu de tout ce bazar et me prend dans ses bras. Alisa se pointe avec un nouvel iPhone en demandant où est je ne sais quelle raquette bleue. Elle me remarque à peine.

« On se lave les mains », dit mon père en me tapotant sur l'épaule.

Dans la salle de bains, après avoir rincé le savon Honey Milk, je m'affale par terre et reste étendu là. Sentant le chauffage par le sol sous mon dos, je lève les bras en l'air et j'imagine la circulation du sang dans les veines. J'écoute le tumulte familial. « C'est pas facile », je dis tout bas. Mais voici Alisa qui déboule. Elle me fusille du regard, saute par-dessus mes jambes et fouille dans le meuble du lavabo.

« Pourquoi t'es couché là ?

– Je me repose un peu.

– OK. »

Elle ressort et j'entends sa voix à travers la cloison :

« Aaro, il est couché dans la salle de bains. »

Mon père apparaît sur le pas de la porte, s'appuie des deux mains au chambranle, se penche en avant. Je lui jette un coup d'œil puis reporte le regard au plafond, sur les ombres des branches.

« Aaro, dit mon père. Viens voir un truc.

– Hein quoi ?

– Viens, tu vas voir. »

Je me mets à genoux et me lève si vite que ma vue se brouille. Je me retiens à l'étendoir. Ses pieds se déboîtent et il s'écroule par terre. Je ramasse les chaussettes et maillots de sport puis vais dans le séjour, où mon père est en train de cliquer sur son ordinateur.

« J'ai trouvé une vidéo », explique-t-il.

Je m'assieds sur le canapé et contemple l'obscurité qui reluit sur les vitres. Alisa débite un avocat tout en regardant un reportage de vlogueuse. « Aujourd'hui, nous allons tester une barre protéinée goût tarte aux myrtilles… » Ma mère entrechoque les fourchettes dans le lave-vaisselle.

Mon père arrive à côté de moi, pose son laptop sur ses genoux. Une piste de course granuleuse apparaît à l'écran : une Mondo rouge sang.

« La finale des seize ans », commente mon père.

C'est ma dernière compétition. Sa caméra zoome sur moi. Je remue les jambes derrière les starting-blocks du quatre cents mètres. Mon maillot bleu ondoie sous le vent. « À vos marques », ordonne le starter. Je m'accroupis dans les starting-blocks. « Prêts… »

Le coup de pistolet retentit, et nous fonçons tous les huit dans le virage. Je cours au cinquième couloir. Lorsque nous prenons le virage, mes cheveux blonds brillent en position de tête. Les longues jambes avalent les foulées. Le vent et les cris saturent le micro de la caméra tandis que je passe devant le matelas de saut à la perche, devant celui de saut en hauteur, pour m'envoler sur la dernière ligne droite. La caméra se met à trembler. « Vas-y, Aaro, tu vas y arriver ! » crie mon père dans la tribune. Mon corps se plie en arrière et mes bras s'agitent nerveusement. Un garçon coiffé en brosse me double en coup de vent, puis un autre. Je suis troisième, il reste soixante mètres. « Tu vas y arriver, Aaro ! » Ma tête se balance sur les côtés, une grimace me tord le visage. Le coureur du couloir extérieur me rattrape. La caméra bouge comme si mon père sautait en filmant. C'était sûrement le cas.

Dernière vingtaine de mètres. Je perds de la vitesse, on dirait que la piste m'aspire. Le garçon du couloir extérieur se donne à fond jusqu'aux lignes blanches, rien à faire, malgré mon sprint final. Je m'affaisse, appuie les paumes sur le front. Mon thorax bleu monte et descend, monte et descend.

Nous regardons l'écran noir en silence. Pendant ce temps, le reportage web continue dans la cuisine. Je constate que mes paumes sont en sueur.

« C'était une chouette course, conclut mon père. Quatrième aux championnats de Finlande catégorie seize ans, bordel.

– Oui. »

Je me racle la gorge et fais tourner le bouton de la chemise entre le pouce et l'index.

« Et si tu reprenais l'entraînement ? demande mon père. D'ici deux ans, tu serais de nouveau au top. »

Il rigole comme si ça ne voulait rien dire. Mais il est parfaitement sérieux, je l'entends à sa respiration accélérée, je le vois à ses pupilles fixes.

« Non. Tu sais que je détestais ça.

– Alors que tu étais si bon ? »

J'inspire et expire à fond, aussi lentement que j'arrive à garder mon calme.

« Ça m'était parfaitement égal, d'être premier ou dernier. Je voulais juste en finir, tellement c'était horrible. Tous ces coups d'œil nerveux sur la ligne de départ. Et les cris de beauf des parents. Et toutes ces semaines de stress avant la compétition, la préparation mentale dans les vestiaires, le présentateur…

– Le présentateur ?

– Oui.

– En quoi il te dérangeait ?

– Ben il papotait par-dessus tout, là, et il annonçait ma place dans le monde. Je me jette sur l'arrivée sans plus rien voir et y a un présentateur qui commente : tel est le temps, tel est le classement. Et pour faire quoi ? Courir autour du terrain. À fond, les poumons en feu, tout ça pour revenir au même endroit d'où j'étais parti, et ça m'a pris tant de secondes. Comme si c'était ça, la vie. »

Mon père se lève, pose le laptop sur le bureau. Il se gratte le menton et regarde par terre.

« Oui, c'est vrai, dit-il. Mais quand même… »

Le lendemain matin, je suis réveillé par le vrombissement agressif du mixeur. Dans la cuisine, Alisa est appuyée au plan de travail, en collants et maillot de sport, et elle broie un mélange vert fluo. Ma sœur pourrait passer pour mon aînée, de nos jours, le genre de personne mûre qui sait exactement ce qu'il faut faire dans la vie. Une grande assurance affichée sur son visage serein, elle prépare sa mixture avec un soin si méticuleux et soutenu que le bruit du mixeur pénètre jusqu'à la moelle, me colle au matelas, me force à fermer les yeux. Et quand vient enfin le silence, je soulève le visage de l'oreiller et reprends mon souffle en haletant comme après un plongeon. Pour finir, elle fait couler le jus dans un glorieux verre rose et saupoudre le tout de graines noires.

Je me hisse sur mes jambes comme on relève une statue de marbre écroulée, me faufile dans la cuisine et ouvre les armoires dans l'espoir d'y trouver des glucides. Ce qui s'en rapproche le plus étant un paquet de pétales de maïs sans gluten, je vais me débrouiller avec du jus d'orange. Le téléphone d'Alisa diffuse un vacarme de vidéo-clips où les exposés des jeunes procurent un inéluctable sentiment de vieillesse et d'extériorité, même s'ils ont mon âge. Je voudrais lui dire quelque chose, mais elle sirote sa boisson et regarde son écran de biais, avec une fraîche indifférence.

« Tu sais à quoi il ressemble, ton smoothie ?

– À quoi ? demande-t-elle sans sourciller, comme si c'était pile la question qu'elle attendait de son grand frère de retour à la maison.

– Il ressemble comme deux gouttes d'eau au vomi que j'ai vu dans la rue du Commerce à Jyväskylä l'autre matin. »

Alisa me toise. J'observe les bulles accumulées sur la paroi de mon verre et je me demande si c'était vraiment la meilleure réplique dont j'étais capable.

« T'avais un tournoi, hier ? je demande nonchalamment, espérant effacer ma phrase précédente comme une erreur sur un tableau noir.

– Ouais.

– Comment ça s'est passé ?

– J'ai gagné. »

Je m'écoute mentalement répondre « félicitations ». Mais non, ça ne fonctionne pas. Ça ne se dit pas, chez nous.

On est à la fois trop proches et trop distants : dans ces relations-là, on ne peut pas dire « félicitations ».

Je le dis quand même : « Félicitations. ».

Alisa me jette un coup d'œil. Elle lance une nouvelle vidéo. Mon père débarque dans la cuisine, les yeux plissés de sommeil. Je ressens soudain un puissant désir de me lever de table, d'oublier que je fais partie de cette famille, ou d'une famille en général. Je voudrais trancher tous les liens avec ma vie antérieure, déménager pour un programme de protection des témoins au fin fond de la campagne canadienne. Un programme de protection des témoins, ça devrait être un service ouvert à tous, car nous sommes tous témoins de ce monde, chaque jour.

« T'sais, j'ai pris un Pepsi, hier, au resto, dit Alisa.

– Oui », répond mon père.

Il place le café dans le filtre.

« En fait moi j'ai demandé un Pepsi Max mais j'ai l'impression que ça devait être un Pepsi normal. »

Ces derniers mots, ma sœur les chuchote, comme si un monstre rampant risquait de l'entendre et de sortir de sa tanière pour venir nous étrangler.

« Quand même pas », rétorque mon père sur un ton un peu trop affolé.

Regrettant son accès de frayeur, il ajoute avec tact : « Et puis, le Pepsi, ce n'est pas si dangereux. »

Ensuite, ils se regardent avec effroi, persuadés qu'une bouteille de Pepsi constituerait, sinon une catastrophe, du moins un dangereux dérapage pour une sportive de haut niveau. Je repense à Sanna dans le café, et je me promets d'acheter une grande bouteille de Pepsi, aujourd'hui.

2

Dans le vestiaire du supermarché, je boutonne la chemise à carreaux et contemple le poster accroché au mur : *Bleu* de Joan Miró. Je me demande qui l'a choisi et affiché. Y a-t-il une autre personne qui le regarde aussi intensément que moi ? J'espère que oui, et j'espère que non. J'hésite entre les deux. D'un côté, ça me rassure de songer qu'il y a une chose dans ce magasin qui m'est propre, que je suis seul à connaître. Mais en même temps, cette idée me fait peur. Tout en pensant au tableau, je traverse le magasin sous les néons grésillants en direction des caisses. À cette heure matinale, seuls quelques retraités examinent les rayons et on distingue encore les paroles de la chanson de Noël qui crépite en musique d'ambiance. Les paquets de saucisses brillent dans leur disposition familière, et l'atmosphère générale est tellement inchangée que l'automne universitaire semble n'avoir été qu'une pause café.

Je dis bonjour à Merja, la caissière aguerrie à la voix rauque, tonitruante, et au rire de mitrailleuse. J'enfourche le siège de caisse, pianote en rythme avec *Last Christmas*.

« C'est à Jyväskylä que tu étudiais ? » demande Merja

tout en bourrant les paquets de North State dans le présentoir.

« Ouais », je réponds en espérant que je ne vais pas entendre ensuite l'incontournable : « Et qu'est-ce que tu étudiais alors ? »

« Et qu'est-ce que tu étudiais alors ? »

Je ramène mes cheveux en arrière, sens mes joues virer au rouge.

« Communication et littérature. »

Je l'énumère toujours dans cet ordre, alors que je n'ai suivi qu'un misérable cours de communication, et encore, sans emprunter un seul livre.

« Qu'est-ce que tu feras ensuite ? » poursuit Merja.

Elle est passée au carton de Belmont. Je récite ma réplique de confiance :

« On verra bien où ça me mène.

– Ah-ha », commente Merja face au présentoir de cigarettes.

À présent, j'ai tout le visage en feu. Un vieux monsieur lâche un jambon sur le tapis roulant. Je me tourne, lance un bonjour hâtif en regardant le jambon. Dès que le client a payé, j'appuie sur les joues mes mains refroidies par l'emballage, en espérant que ces accès de chaleur vont se dissiper au cours des quatre semaines à venir.

Les jours se suivent. Je vois défiler des packs de lait, des packs de bière, des packs de jus de fruits, des sachets de pain, des lots de saucisses, des pots de yaourt, des tablettes de chocolat, une infinité de conditionnements divers et variés que j'empoigne un à un sur le tapis. J'annonce le prix, souris, souhaite de bonnes fêtes. Les mamies qui poussent des déambulateurs, je leur souhaite « un paisible Noël ». De temps en temps, l'incroyable monotonie du travail commence à m'amuser, si bien que je dois me racler la gorge ou feindre une quinte de toux pour camoufler mes éclats de rire. Et des fois, je me dis que la vie, en réalité, c'est ça. Tous les gens de la file d'attente ont besoin de nourriture. Quoi que nous fassions dans notre vie, nous le faisons fondamentalement pour avoir à manger, pour ces patates, pour ces pommes, pour ces miches de pain. Dans ces moments-là, j'éprouve un si brusque élan de tendresse à l'égard des gens que je finis par laisser tomber un stylo et plonger au ras du sol pour m'essuyer les yeux.

2008

Mes parents et moi sommes assis devant la salle des CM2 A. L'obscurité du soir s'écrase contre les vitres au bout du couloir. Je palpe discrètement ma cuisse à travers le pantalon de survêtement, à l'endroit d'un bleu lancinant. Je touche la contusion de temps en temps, enfonce le pouce dans le muscle si bien que la douleur irradie jusqu'à l'os. Jetant un coup d'œil à mes parents, je leur dis que j'ai peur. Ils sourient. Ma mère pose la main sur mon épaule.

La porte s'ouvre en grinçant, hésite, reste entrouverte. On entend la voix ordinaire et insouciante de l'enseignante : « Oui, c'est cela, pas de problème, on y réfléchira le moment venu… »

Mes parents se lèvent, redressent leur chemise, calmes, prêts à entrer dans la salle de classe, comme si c'était un endroit où on pouvait pénétrer en toute simplicité. Ils ne savent pas qu'il faut s'y introduire très vite, les épaules baissées, sans regarder personne.

La porte est toujours entrebâillée. Je me balance sur place, change de jambe d'appui, incapable de trouver une position naturelle. Finalement, le vantail pivote lentement, sans bruit. Une manche de chemisier en jean le pousse. En voyant Emma, je sursaute. Elle aussi, et elle reste pétrifiée un moment avant de se rappeler où elle est et de sortir dans le couloir. Elle a une doudoune sur les bras, une grosse boule blanche. Je m'efforce de sourire à ses parents pour prouver que tout va bien. Puis je me faufile dans la salle de classe et m'accroupis derrière un pupitre en feignant de renouer mes lacets.

La maîtresse tire la porte derrière nous. La serrure fait un clic, et l'écho se dissipe.

Quatre pupitres sont réunis au milieu de la pièce. Mes parents s'assoient face à moi. La maîtresse empoigne la chaise restante et pose un classeur devant elle. Je serre mes mains moites l'une contre l'autre, entre mes genoux.

« Aaro, tu pourrais commencer », propose-t-elle.

Elle pose les coudes sur la table et me dévisage. Elle fait rouler son stylo à bille entre ses doigts.

« Comment s'est passé ce premier trimestre, selon toi ? »

Ma mère se tient bien droite, comme toujours ; elle me regarde avec des yeux clairs et sourit. Mon père est un peu avachi. Ses bras pendent comme des cordes derrière le dossier. La classe paraît insignifiante, tout à coup, en présence de mes parents : les pupitres, les dessins scotchés au mur, les affiches épinglées sur le tableau en liège, la photo de classe, l'ordinateur de la maîtresse, les éponges sèches, le piano droit contre le mur du fond, oui, même la carte de l'Europe. Tout paraît ridicule, enfantin. Seule l'horloge conserve son prestige : ses aiguilles noires dépassent, implacables, sans se soucier des parents.

« Très bien, dis-je. Oui, très bien, quoi. » Je me tords les mains sous le pupitre. Mon regard erre sur le sol, sur les tables. « Tous les contrôles se sont bien passés, voilà… Tout va très bien. »

La maîtresse toussote : « Oui, ta scolarité se déroule à merveille, n'est-ce pas ? »

Mes parents hochent la tête en souriant.

« Quel est votre sentiment ? » demande-t-elle en se tournant vers eux.

Ils échangent un regard, hésitant à prendre la parole en premier.

« Non, rien de spécial, pour nous non plus, déclare ma mère. Sa scolarité se déroule à merveille, et il n'a pas de problèmes, en tout cas pas à notre connaissance. »

Elle lâche un petit rire puis tourne la tête vers mon père. Celui-ci se redresse un peu sur son siège : « On se demande parfois si Aaro a des copains. Comme on a l'impression qu'il passe toujours ses fins de journée à la maison. »

La maîtresse prend des notes sur son papier. Je lorgne le gribouillis du stylo à bille, sans parvenir à le déchiffrer.

« Oui, certes… marmonne-t-elle. Il est vrai qu'Aaro reste un peu à l'écart.

– Mais si, j'ai des copains ! », je rétorque, si fort que je me fais peur. Sentant la nécessité de nuancer mon mensonge, je poursuis : « Peut-être que je devrais juste avoir plus de courage. Avec un peu plus de courage, je m'intégrerais, c'est clair. »

Enfonçant le pouce dans ma cuisse meurtrie, je grimace sous la douleur palpitante.

« Oui, l'initiative personnelle, c'est la clé, approuve la maîtresse en faisant cliqueter son stylo. Je dois dire que notre classe a une bonne bande de garçons, pour peu qu'on s'intègre. »

Mes parents hochent la tête. Ils ne sourient plus.

Après l'entretien, nous sommes assis dans la voiture. Les gouttes de pluie tapotent le pare-brise.

« Aaro, j'ai vu que tu passais quelque chose sous silence », dit mon père.

Il tripote de l'index le porte-clés pendu à côté du volant. Ma mère regarde devant elle.

« Mais je l'ai déjà dit : j'ai tout raconté. »

Mon père se retourne, faisant crisser sa veste noire contre le dossier de son siège. Ses yeux brillent dans le noir.

« Tu promets de nous en parler, si quelque chose va mal ? »

Je déglutis. Je regarde les pointes de mes baskets. L'eau forme des torrents sur la vitre.

« Oui », je promets.

Mon père se redresse et met le contact. Les faisceaux des phares illuminent la pluie.

3

Le train régional ballotte en direction de Helsinki. Je dévisage mon reflet dans la vitre. Le ciel flamboie, cuivré, menaçant, dans une atmosphère de fin du monde. J'ai lu quelque part que le monde, en théorie, pouvait cesser d'exister n'importe quand, paf, tout disparaîtrait d'un clic d'interrupteur. Il se formerait alors un vide qui s'étendrait à la vitesse de la lumière et disperserait toutes les particules. C'est extrêmement improbable, mais tout de même possible. C'est une belle idée.

À Helsinki, en tout premier, je vais manger un plateau de sushis absolument au-dessus de mes moyens. Quoi qu'il en soit, ça fait du bien de s'asseoir en costume dans un restaurant au calme luxueux, près de la vitre, de regarder les passants pressés dans la rue, de penser en toute tranquillité aux montagnes et aux grands fonds marins en écoutant des mélodies de koto, sauvages et absolues comme si elles expliquaient l'essence de l'Univers. C'est peut-être bien ainsi, justement, que je pourrais être le plus utile à l'humanité : en fréquentant les restaurants et les cafés, en jouant un figurant de la société, un personnage à l'aspect profond qui ne dérange personne et qui, par sa simple présence, rappelle qu'il y a dans le monde des gens honnêtes et fiables, qui ont le temps de fréquenter les restaurants et vers lesquels on peut se tourner si on cherche le bon bar à sushis le plus proche.

Après les sushis, je continue chez Stockmann. J'achète de la cire et, dans l'ascenseur, je me la malaxe dans les cheveux. Je me promène de long en large entre les flaques de l'Esplanade, puis je vais à la Librairie académique chercher un cadeau pour Sanna.

Je tourne dans les rayons sans rien trouver ; comme d'habitude, je me laisse emporter et finis par déambuler en regardant mon reflet, oublieux de ce que j'étais en train de faire. Comme il ne reste plus que sept minutes avant le départ du bateau, je fais un effort de décision et sors du magasin. Au niveau de l'hôtel Kämp, je prends le pas de course. Je surveille l'heure sur le portable et répète mentalement *putain de merde.*

Sanna se tient dans le hall de l'École navale avec un bouquet de roses entre les mains, fluette comme un oiseau, alors qu'avec son maquillage et ses cheveux modelés à la laque, par ailleurs, elle n'a plus rien à voir avec la Sanna que j'attendais, celle qui n'en menait pas large lorsque je la voyais arriver à l'entrée du service. On dirait que vulnérabilité et bonne santé mènent un combat en elle : son dos droit et son ébauche de sourire sont des preuves de force, mais son regard tombant et son « salut » à peine audible me rappellent ses années noires. Nous nous donnons l'accolade maladroitement, je rougis en bafouillant un prétexte pour expliquer que je n'ai pas eu le temps d'acheter un cadeau, sans parler du vulgaire « comment ça va ? » qui me paraît totalement inapproprié après tant d'années et – pire ! – de mes cheveux en sueur qui s'amassent sur le front parce que j'ai couru, aussi suis-je profondément soulagé lorsque je peux enfin me réfugier dans la solitude des toilettes pour me rincer les mains et me regarder dans la glace.

Un crépuscule de Noël baigne le réfectoire. Les longues tables sont garnies de bougies dangereusement bricolées. Les robustes murs en pierre sont garnis d'épées, de portraits d'officiers et d'autres accessoires qui rappellent que les gens éprouvent le besoin de s'entre-tuer de temps en temps. Ça fait une curieuse impression, de voir Sanna dans un tel endroit, vieux et prestigieux. Dans ma tête, Sanna a son monde à elle, et Suomenlinna n'en fait pas partie, ni l'École navale, et encore moins le mess. Mais comme je ne comprends plus rien à rien, j'accepte ces étrangetés.

J'empoigne la première chaise qui n'est pas à côté de quelqu'un. Mais en dépliant la serviette, je remarque le nom calligraphié derrière l'assiette : « Eino ». Je m'empresse de replier le carré de papier et de me relever, si vite que je dois me retenir au dossier comme un vieillard – peut-être Eino. Un vieillard. Si seulement j'en étais un. La vie est une rude journée de travail, une succession d'heures interminables auxquelles il faut survivre. Les vieillards ont survécu à tout cela.

Je fais le tour des deux tables sans trouver ma place. Ma tête bouillonne, et j'ai l'impression qu'on me regarde. Qu'on m'observe.

« Tiens, Aaro, voici ta place. »

D'habitude, je sursaute, en entendant mon nom ; mais cette fois, la voix est si douce, si chaleureuse qu'elle ne me fait pas frémir. Une fille me regarde en désignant une place vacante à côté d'elle. Je ne l'ai jamais vue. Elle porte des tresses. Une robe noire. Comment connaît-elle mon nom ? Peu importe, je souris et dis merci. Ses yeux sont profonds et perçants, ils semblent voir quelque chose que les autres ne voient pas.

« Tu veux de l'eau ? me demande-t-elle tandis que je m'assieds.

– Ouais merci. »

4

« Je crois que je vais rater mon train. »

Le bateau se livre à un mouvement de roulis, ou plutôt de tangage, comme s'il allait s'endormir dans le creux des vagues. L'éclairage rend nos visages jaunâtres. J'ai la fameuse sensation irréelle de jouer dans un film. C'est assez apaisant, en fait. Cela laisse ouverte la possibilité que les choses ne soient pas si graves et que je ne sois pas responsable de tout. J'avance au gré du scénario et je regarde ce qui se passe.

« Enfin, je pourrais courir, mais j'ai plus la force. »

Nous avons quitté la fête de Sanna prématurément ; malgré le sourire déçu, tendu, que j'ai vu se dessiner sur ses lèvres, malgré ma honte d'être un type qui n'achète pas de cadeau de diplôme pour sa camarade à tendance anorexique, qui ne lui demande pas comment ça va après des années de séparation et qui ne daigne pas rester à table jusqu'au bout de la soirée mais s'échappe en plein milieu avec une copine à elle, malgré tout cela qui me procurait une douleur presque physique, j'étais si heureux que je ne souhaitais plus voir venir la fin du monde, tout compte fait. La terre battue crissait sous nos chaussures.

Les bâtisses de Suomenlinna étaient des décors construits pour nous dans la pierre. De même que le bateau qui s'approchait pile à la bonne distance de l'embarcadère pour que nous puissions nous arrêter et échanger le sourire que l'on échange lorsque tout est parfait mais qu'on n'ose pas le dire. Les fragments d'un univers onirique de dix minutes concordaient à la perfection et nous n'avions qu'à nous laisser porter par le bonheur.

Mais maintenant que nous débarquons sur la place du Marché, cet univers vole en éclats comme un vase chinois. Il se morcelle en illuminations de Noël, bribes de conversations, langues étrangères, visages ridés, regards inconnus, grincements de trams, bruits de voitures, tic-tac de feux tricolores, enseignes lumineuses, dizaines de rues à emprunter, centaines de gestes à composer, milliers de phrases à prononcer.

« Il part quand, le train suivant ? » demande-t-elle.

Je ne connais toujours pas son nom. C'est peut-être Liisa, ou bien Iisa, ou Iina. Dans l'obscurité du mess, je distinguais mal son carton calligraphié, et je me serais senti complètement débile en lui demandant son prénom, d'autant plus qu'elle connaissait le mien.

« Dans une heure. »

Mais elle ne voudra pas rester, maintenant elle va croire que je la drague, bon oui un peu mais c'est pas ce qu'elle imagine, et voilà putain, putain de merde. Je pourrais aussi bien courir pour attraper le train, acheter un thé glacé et peut-être un petit sachet de bonbons, puis regarder dans le vide et savourer le sentiment qu'il y a quelqu'un à qui je manque et qui ne saura jamais quel schizo je suis en vérité.

Cependant, un fourmillement primitif se manifeste au fond de mon ventre. Ce fourmillement me dit que ce n'est pas le moment de baisser les bras, de laisser tomber, de plonger dans mon éternel étang noir où je ne cesse de sombrer.

« Bah, je vais l'attendre. Toi, tu restes ici pour la nuit ?

– Ouais, je vais chez une copine. Mais je peux passer encore une heure avec toi. »

Elle dit ça en souriant, et j'ai l'impression qu'elle est très sérieuse.

Nous allons à l'Espresso House de Stockmann. Je baisse les yeux en comprimant le sachet de sucre servi avec le cappuccino, si bien qu'il finit par se déchirer, déversant ses cristaux bruns sur la table. Le café m'a laissé une couche de mousse sur la lèvre ; lorsque j'essaie de me lécher, ça la fait marrer. Son rire n'est pas effrayant, il est contagieux. Tout ce qui se passe pendant l'heure suivante est exactement ce que j'attendais dans ma solitude, sous ma carapace, la carapace derrière laquelle je me croyais romantique et stylé comme un personnage de clip en noir et blanc. Flirter avec la fin du monde, idolâtrer la solitude et me tenir à distance de la réalité par détermination, presque par idéologie : tout à coup, cette carapace disparaît. En compagnie de cette fille, il n'en reste que des vestiges insignifiants, embarrassants, que je peux lacérer comme un papier d'emballage.

« J'ai souvent peur que les gens ne veuillent pas vraiment être avec moi, raconte-t-elle. Mais ensuite je me dis que s'ils ne voulaient pas vraiment, ils ne le feraient pas.

Toi aussi, tu es très sensible. Ça se voit. Je comprends ce que tu ressens. »

Elle a une voix fluette, presque enfantine. En même temps, tout ce qu'elle dit paraît sage et catégorique, comme si elle avait une connexion quelque part. De la même façon que je me rends compte que le soleil brille ou que des bourgeons sont apparus sur les bouleaux, je constate : voici la personne avec qui je veux être. C'est elle. Celle que j'attendais, le jour, à la table en coin du resto universitaire, et la nuit, dans mon petit lit, regardant le mouvement des ombres au plafond. Or maintenant qu'elle est là, je la dévisage avec mon sourire figé, aussi désemparé qu'un brave indigène face à un anthropologue égaré dans la jungle. C'est maintenant que je tombe amoureux ? C'est maintenant que ça se passe ? Tout simplement ? Je ne sais pas quoi dire, je ne sais pas quelle tête faire, et pourtant, son regard me rassure : il n'y a pas de problème.

« Toi aussi, tu es originaire de Lahti ? je demande enfin. Comme Sanna ? »

Son regard plonge dans sa tasse. Elle serre l'anse entre le pouce et l'index puis la caresse lentement de haut en bas.

« Non, d'un affreux village à côté. »

Je hoche la tête avec le plus grand sérieux, parce qu'« affreux » est apparemment le mot juste et parce que moi aussi, je viens d'un tel village.

« On est quand même pas du même endroit ? je demande en essayant de rire, mais je me ressaisis en voyant que ça ne l'amuse pas.

– Non. Je t'aurais reconnu.

– Mais tu savais comment je m'appelais ?

– Sanna parle de toi, des fois.

– Qu'est-ce qu… »

Comprenant que ma question paraîtrait terriblement égoïste, je me reprends *in extremis* : « Et donc tu la connais comment, Sanna ? »

Je lui avais déjà posé la question à la fête, mais elle s'était mise à tousser et avait dû aller chercher de l'eau.

« C'est… C'est une histoire un peu longue. Je pourrai peut-être t'expliquer un jour.

– OK », je dis avec toute la tendresse et l'assentiment dont je suis capable.

Après cela, aucun de nous ne parle. Je regarde les gens qui marchent à grands pas dans la pénombre du trottoir, les logos des magasins de vêtements sur leurs sacs de shopping. La gorge me serre : j'ai posé des questions embarrassantes et j'ai encore tout gâché, comme d'habitude. Tout gâché. À l'instant où j'ai ces mots dans la tête, la silhouette de Julia apparaît derrière la vitre avec une insolente fortuité. Elle est affublée d'un imposant équipement en fourrure qui a dû coûter la vie à un paquet de renards. Nos regards s'interceptent une demi-seconde et, dans ce bref échange, les mots « tout » et « gâché » me semblent prendre une dimension visuelle. La rencontre est si incroyable, si invraisemblable, que je n'ai même pas le réflexe de m'en étonner.

« Oh-ho.

– Quoi ?

– Non rien c'était… juste une ancienne copine de classe.

– Ah-ha. »

Elle sourit à nouveau, comme si elle venait de se régler sur la bonne fréquence, celle où elle est elle-même. Et je souris en retour, songeant que tout n'est peut-être pas gâché, finalement, et que c'est surnaturel à quel point je peux être sensible aux changements d'expression chez les gens. Mon problème : une faculté particulière à diagnostiquer mes propres faiblesses, jointe à la totale absence de volonté d'y faire quoi que ce soit. Ainsi que l'incapacité à me rappeler que les autres ont aussi leurs faiblesses.

« C'est vraiment sympa de discuter avec toi », dit-elle.

Pendant une seconde ou deux, j'écoute ses mots dans ma tête : oui, dans le monde réel, il est possible d'entendre une phrase pareille.

« Merci. Avec toi aussi. »

Nous marchons en silence, mais on dirait que nos pensées bavardent. La musique des différents bars compose un medley saccadé. Au croisement de la rue Alexandre, un musicien de rue joue sur des bouteilles en verre, ses mélodies s'élèvent dans la nuit d'hiver tels de fragiles espoirs secrets. Quand on marche en compagnie d'une autre personne, le monde paraît plus dangereux que si l'on marche seul. À tout moment, un fou peut surgir au coin de la rue en brandissant un couteau ; une voiture ou un tram peut vous percuter au carrefour et vous réduire les jambes en purée. Seul, on n'a pas peur de ces choses-là, parce qu'on n'a rien à perdre.

Dans le hall de la gare, nous nous enlaçons pour la première fois. Ses cheveux sentent le shampooing fruité, et l'odeur flotte encore dans mon nez lorsque je m'appuie contre la vitre du wagon et que le train se met en branle pour prendre doucement de la vitesse. Au niveau de Tikkurila, une nouvelle demande d'ami fait tinter mon portable : Iisa. Iisa Lindgren.

Lorsque j'atteins le parking de notre maison, il est près de minuit ; à en juger à l'obscurité des fenêtres, tout le monde dort à poings fermés, comme il se doit chez les gens bien. La voiture familiale japonaise est garée sous le carport, la douceur de ses feux arrière évoquant modération et modestie. Je m'approche de la porte d'entrée comme je l'ai fait autrefois après des milliers de jours d'école, aussi lentement, en proie à la même fatigue informe et profonde. La différence, c'est que je ne suis pas juste fatigué mais aussi très heureux.

Je me faufile dans le séjour pour m'écrouler sur mon matelas mince comme un toast, dans le coin, l'endroit qui finit toujours par m'attirer à lui, on dirait, aussi inéluctablement qu'un trou noir. Derrière ce coin, je perçois les ronflements humides de mon père.

Par l'embrasure de la cuisine, l'horloge numérique du micro-ondes projette dans toute la pièce une lueur bleu fluo. Je sors mon portable de la poche du jean pendu sur le canapé et je tape dans le champ de recherche de Facebook : « Iisa Lindgren ». Sur sa photo de profil, elle se tient derrière un grillage cassé, cramponnée des deux mains. Ses longs cheveux sont fluides, plus clairs sur les pointes. Elle a un regard triste, mais sa tristesse est belle. Dans la légende en suédois, je déchiffre les mots « plus d'air » et « peut pas respirer ». Je regarde la photo pendant quelques minutes avant de passer à la suivante, plus estivale et optimiste. Le texte est également en suédois : *Kan jagförlåta i ställetför att gråta* ? *(Puis-je pardonner au lieu de pleurer ?)* Je fais défiler toutes les images : à mesure que je remonte dans le passé, elles deviennent plus sinistres. Même si elle sourit, son visage trahit je ne sais quoi, des incidents fâcheux. Comme si on l'avait forcée à sourire, comme si l'éclat dans son regard était un signal de détresse.

Je mets le téléphone en veille et le lance sur le canapé. J'inspire à pleins poumons avant d'expirer à fond, comme si je pouvais chasser toutes les pensées par ce même souffle. Un coin de toile d'araignée pend au plafond, oscillant dans les vibrations de la ventilation, lentement, d'avant en arrière. Je contemple sa danse jusqu'à m'endormir.

5

Après plusieurs jours de travail, je marche sous la neige sur la grand-place de Lahti. Les flocons fondent sur les joues et ruissellent, j'ai l'impression de pleurer. Je distingue Iisa de loin, malgré sa doudoune blanche qui se confond avec le paysage. Nous ne nous sommes pas revus depuis la fête de Sanna. Tandis que nous nous sourions, je m'applique à la regarder dans les yeux, tout en devinant qu'elle voit mon manque d'assurance et les moindres défauts de mon visage, et je voudrais me recroqueviller dans le sein de la terre, enfouir la tête sous la neige. Son maquillage est plus marqué que la dernière fois : l'eye-liner rend son regard tranchant. Je ne sais pas qu'en penser, j'ignore si c'est une bonne ou une mauvaise marque de cosmétique. J'hésite à la serrer contre moi. Dois-je le faire ? J'écarte les bras, en proie à la même impression que si je plongeais de trois mètres et demi, face à la surface gris fer qui s'approche avec une cruelle inévitabilité. Je ne peux plus reculer. Toutefois, Iisa répond à mon geste, elle se blottit contre moi, sa doudoune fait un bruit doux, feutré, un peu apaisant. Je l'étreins assez fort pour paraître sûr de moi, mais je desserre aussitôt les bras, pour ne pas l'oppresser.

« Salut, dit-elle lorsque nous nous lâchons.

– Salut », je réponds, parfaitement conscient de mon ton de voix.

Je lis les noms des banques et des opérateurs télécoms sur les façades, et je songe que j'ai à chaque seconde une possibilité de tout gâcher, de dire ou faire un truc de travers. Mais quelque chose m'incite à prendre Iisa par la main. Instinctivement, je marche à côté d'elle et souris, je bavarde plus profondément qu'avec tous les gens que j'ai pu côtoyer les trois dernières années. Et quelque chose, oui, me pousse à m'arrêter au bord du lac Vesi et à dire parmi les flocons de neige qui tourbillonnent autour de nous :

« Je t'aime. »

Iisa m'embrasse, et j'ai une fois de plus le sentiment que ma vie est un film. *Embrassez-vous tout de suite !* crie le réalisateur. Et nous obéissons.

Chez Iisa, c'est tout propre, exactement comme je m'y attendais. Ça sent un détergent inconnu. Nous sommes assis sur le canapé sans parler. Ma main passe sur sa nuque, dessinant des courbes de plus en plus audacieuses dans son dos, sous le chemisier. Au début, le silence est intime, mais peu à peu il se condense, s'enroule autour de nous comme une pellicule de cellophane. Spotify joue le deuxième album de Coldplay, que je recommande à Iisa comme le meilleur au monde. Mais même le riff au piano du dernier morceau ne parvient pas à alléger l'atmosphère qui pèse sur nos épaules, un peu plus lourde à chaque respiration. Que convient-il de dire, maintenant qu'on est amoureux et qu'on s'est embrassés ? Que se passe-t-il ensuite ? Comment font-ils, les gens, pour surmonter ces situations, pour marcher dans la rue et sourire à la caisse comme si la vie était facile ?

« Je me demande toujours… »

En commençant ma phrase, je vois en coin la tête d'Iisa qui se tourne lentement vers moi.

« En fait, comment vous vous connaissez, alors, Sanna et toi ? »

Son visage se redresse. Ses yeux se plissent, cils maquillés, recourbés, et elle commence à tirer sur un bas. Elle plie les jambes et les serre dans ses bras, comme pour se tenir chaud.

« Eh bien… On était dans le même service.

– OK. »

J'essaie de dissimuler ma surprise, ma difficulté à croire que cette fille, qui me donne l'impression d'être la personne la plus équilibrée au monde, ait pu se trouver dans ce service-là.

« Mais c'était avant, précise-t-elle. Il n'y a plus de raison que j'y retourne.

– Ouais non, je pense pas non plus. »

Iisa tripote la manche de son pull. Je regarde les rayures rouge et jaune sur le tissu. Et c'est alors que je remarque ses bras, ses minces cicatrices blanches qui transparaissent sous la manche, dévoilant une autre réalité, racontant une histoire que le pull aux couleurs vives voudrait cacher.

« C'était, euh… un peu comme Sanna ? je demande.

– En partie. »

La voix d'Iisaa ralenti ; on dirait qu'elle s'efface pour sombrer dans une autre dimension.

« Il y avait autre chose ? »

J'ai posé cette question trop vite, mais je n'avais plus la patience d'attendre. À quoi bon chercher à dissimuler mes tremblements ? Iisa prend un bloc-notes sur la table basse, arrache une feuille. Elle sort un Stabilo violet de sa trousse. S'appuyant sur un livre de Spot le petit chien, elle se penche sur le papier pour écrire, tout près du quadrillage braqué sur elle. *Après tout, ce service n'a rien d'extraordinaire*, je me dis. *Après tout, ce service n'a rien d'extraordinaire.* Mais pourquoi mes mains tremblent-elles ? Pourquoi dramatiser ? Parce que je sais ce que cela peut vouloir dire ? Ou parce que je ne sais pas ? Le feutre d'Iisa effectue de rapides pirouettes. De temps en temps, il marque une pause, puis il recommence de plus belle. Spotify change trois fois de morceau avant qu'elle me tende enfin le papier, les yeux baissés, cramponnée à ses bas comme à une barque à la dérive.

Je regarde la page, analyse les séquences, un mot à la fois, jusqu'à ce que je parvienne à les comprendre. « Abus sexuel, je lis. Plusieurs années. »

Je relis les mots. J'observe chaque lettre violette, l'une après l'autre, pour vérifier qu'elles composent véritablement ces mots-là. La propreté de l'écriture jure avec le contenu du message.

« C'est… »

Les mots s'affaissent sous le silence. J'étouffe un flot de questions : *quand, comment, où, qui… ?* Je repose le papier sur la table, lentement, comme s'il risquait d'exploser.

« C'est horrible », je souffle tout en sachant combien mon commentaire est minable.

Des perles s'écrasent au coin de ses yeux, mêlées de rimmel laissant des sillons comme si l'on dessinait un croquis au fusain sur son visage. Je passe mes bras autour d'elle, pose les paumes sur son dos brûlant et ferme les yeux, désireux d'agir, de dire quelque chose. Qu'on m'explique quoi faire ! Mais en même temps, dans un mystérieux recoin de mon esprit, je songe que cela suffira peut-être.

Le soir fourmille à la fenêtre du bus. Je lis les enseignes, comme toujours, Burger King Lidl Mitsubishi Volvo, mais cette fois leurs lumières ne sont d'aucun secours. Je ne peux plus m'y fier. On dirait qu'elles ne sont pas vraies ; leur objectivité, leur sécurité et leur bienveillance ne sont pas vraies. Elles ne peuvent pas l'être dans un monde où ce qu'Iisa m'a révélé peut arriver. Entre les lumières, dans l'obscurité, de noirs marécages sont aux aguets, peuplés de sangsues et de plantes vénéneuses. Secrets, violences. *Plusieurs années.* Pourquoi les voitures roulent-elles dans leurs voies respectives ? Pourquoi ce bus tient-il la route même dans les virages serrés ? Dans un monde où les voitures restent dans leurs voies respectives, ce qu'Iisa m'a révélé ne devrait pas arriver. Sous toute logique, sous toute rationalité, un marécage soupire avec concupiscence, prêt à engloutir n'importe qui. Cette fille assise de l'autre côté de l'allée, avec des écouteurs dans les oreilles, a-t-elle subi la même chose ? Et cette femme-là, en doudoune rouge ?

Je me rappelle les mots que j'ai employés pour rassurer Iisa : « Ça ne change rien à mon regard sur toi. Ton passé n'a pas d'impact sur ce que tu es maintenant. » Était-ce la vérité ? Ou disais-je cela par devoir ? Voulais-je seulement jouer le héros du film dramatique que serait ma vie ? Évidemment que ça change mon regard sur elle, ce qu'elle m'a raconté. Évidemment que notre passé a un impact sur ce que nous sommes. Nous sommes hantés par l'infinité de moments rencontrés au cours de notre vie. Ils se reflètent sur nos visages, s'introduisent dans nos pensées, se faufilent dans nos paroles. Chaque fois que nous parlons, c'est de nous. Forcément. Et pourtant, malgré tout, seul le présent est vrai. C'est le seul moment où nous pouvons changer le cours des événements. Un éclair argenté qui relie le passé et l'avenir. En suspension entre deux pas de course. Notre unique possibilité.

Cela faisait des années que je n'avais pas autant pensé aux souffrances et sentiments d'autrui. D'ailleurs, y avais-je jamais autant pensé ? Pendant toutes ces années, je ne voyais que moi, mes propres douleurs, alors que les autres pouvaient connaître des expériences bien plus graves. Ah bordel.

En descendant du bus, je retrouve la sensation du froid cinglant sur mon visage. Cela m'apaise. Voilà au moins une chose qui n'a pas changé. Et le bruissement des pins. La forêt murmure autour de moi, elle chuchote comme ma mère il y a quinze ans, la nuit, lorsque j'avais envie de pleurer.

2008

Le soir de Noël, j'ai du mal à croire que la maison et ses pièces sont les mêmes que d'habitude. Que le lit est vraiment celui dans lequel je me réveillais tous les mornes jours d'école. Que la table nappée de blanc est vraiment celle sur laquelle je posais mon bol, et où je mangeais mes céréales après les cours.

Ça me fait presque rire, d'y penser.

C'est impossible à croire, maintenant que tout va bien et que je suis assis devant un bon riz au lait bien chaud. J'ajoute plusieurs cuillerées de cannelle. J'isole des morceaux avec le bout de la langue et les écrase contre le palais. Que c'est agréable, d'écraser un doux grain oblong ! Dans le séjour, on entend la traditionnelle proclamation de la paix de Noël, retransmise à la télé : « Quiconque viole cette paix et trouble la fête de Noël par quelque conduite illégale ou inconvenante sera jugé coupable avec circonstances aggravantes, et condamné en conséquence au châtiment prévu… » Le mot *coupable* m'a toujours frappé.

Après la paix de Noël, on sonne à la porte. Les silhouettes de papi et mamie se dessinent derrière les carreaux. Ma mère leur ouvre, leurs sourires et le bruissement de leurs sacs en papier remplissent le vestibule.

Je n'ai pas envie d'aller à l'église. Je ne crois pas en Dieu. Mais selon mes grands-parents, il le faut. Assis sur la banquette arrière, je me dis que c'est débile de croire en Dieu. Toutefois, lorsque nous arrivons devant l'église et marchons dans l'après-midi bleuâtre en direction du clocher et des portes massives, je demande pardon à Dieu de ne pas croire en Lui. Depuis le porche, voyant l'autel et le Jésus en bois sur sa croix, j'adresse la même prière à Jésus. Les bougies, les vieilles boiseries et les recueils de cantiques composent ensemble une odeur enivrante. Je songe que c'est l'odeur de Dieu.

Dans la nef, je croise Matias et ses parents. Matias a donc des parents, lui aussi, une femme et un homme d'apparence ordinaire ! Il jette un coup d'œil à ma sœur et à mes grands-parents, puis me salue en hochant la tête avec le plus grand sérieux. Son regard n'est pas celui qu'il a à l'école, en présence des autres garçons. En l'occurrence, il est fuyant, effarouché, et ses yeux scintillent de crainte. On dirait presque qu'il va fondre en larmes. Il a l'air tout petit, devant ses parents. D'ailleurs, il est plus petit que moi. Il essuie sa morve à la manche de sa doudoune. C'est un petit garçon.

Pourtant mes mains tremblent, et je dois les enfoncer dans les poches du jean pour que mon papi ne s'en aperçoive pas.

Une fois que nous sommes assis, mon papi se penche vers moi. Il sent le café.

« C'était ton camarade de classe ? demanda-t-il dans un chuchotement rauque.

– Oui.

– Tu aurais préféré t'asseoir à côté de lui ?

– Non, répondis-je en secouant la tête. Ici, c'est très bien. »

L'orgue se déchaîna soudain, et un chant impétueux emplit l'église. *La terre est si belle.*

Pendant le retour, il faisait déjà nuit. Bercé par le chaud grondement soporifique de la voiture, je pensai au sac de cadeaux qui nous attendait sous le sapin. Je regardai les mains ridées de mon papi, crispées sur le volant. Je regardai Alisa, et je souris en songeant que Matias ne pouvait rien nous faire.

6

La famille fait du bruit autour du souper. Inquiet, mon père se demande si nous avons eu assez de vitamine D. Ma mère déclare qu'elle est fatiguée. Alisa regarde l'écran de son téléphone et saupoudre du muesli sur un yaourt nature. Je contemple tout cela comme un spectacle de Noël joué par des enfants, sans me poser de question, sans porter de jugement. Je voudrais tout leur raconter. Ce que m'a dit Iisa. Ce qui m'est arrivé pendant ma scolarité. Mais ne serait-ce pas extraordinairement pénible ? Et qu'est-ce que j'y gagnerais, au final ? Il est plus simple de me laver les dents et d'aller au lit.

À cinq heures et demie, je me réveille pour aller travailler. Je traverse le village somnolent, couvert de givre, jusqu'à ce fameux vestiaire que je crois toujours quitter pour la dernière fois et où je finis toujours par revenir. À présent, un calendrier de brasserie est accroché au mur : une femme en bikini tenant des bières contre ses seins. Autrefois, j'aurais contemplé l'image longuement ; maintenant, je m'en détourne aussitôt, boutonne ma chemise à carreaux et dévale l'escalier pour empiler les bananes dans les rayons.

Au fil des années, Noël passe de plus en plus vite, en toute discrétion. Vautré dans le coin du canapé, je laisse fondre un chocolat dans ma bouche et promène les yeux sur le sapin en plastique, sur une boule dorée à paillettes pendue à une branche. Je me cramponne au portable en attendant le signal lumineux vert dans le coin supérieur. Mais je me rends compte alors qu'Iisa attend peut-être un message de ma part, de la même façon, et j'écris donc : *Joyeux Noël ! J'ai hâte qu'on se voie.* Pendant quelques secondes, j'hésite à ajouter un cœur rouge ou jaune. J'opte pour le rouge, plus hardi. Il faut être hardi, si je veux que ça débouche sur quelque chose, pour une fois.

Une délicieuse vibration me chatouille aussitôt le creux des mains. La photo de profil d'Iisa, celle où elle se tient derrière un grillage cassé, me regarde dans le bord de l'écran. *Moi aussi tu me manques*, dit le message. Je relis les mots plusieurs fois, savourant le bonheur qu'ils délivrent et qui, tout doucement, dissout l'angoisse de devoir écrire autre chose.

Nous échangeons des messages pendant tout le réveillon. Nous commentons les cadeaux que nous recevons et ceux que nous offrons, ou les questions gavantes des grands-parents, néanmoins touchantes car elles évoquent la continuité de la vie. Je formule chaque message avec une ferveur tout épiscopale, réfléchissant mûrement avant de l'envoyer comme si je tenais un missile entre les mains. Un seul mot malencontreux pourrait tout détruire, réduire notre fragile relation à l'état de Bagdad. C'est exactement cela, le plus difficile, quand on est avec les gens : le conflit entre vouloir et ne pas vouloir les côtoyer. On veut parce que c'est le seul moyen de survivre, le seul moyen de vaincre la solitude qui dévore lentement de l'intérieur. Et on ne veut pas, parce que chaque contact humain est un risque. Chaque situation sociale offre à l'autre la possibilité de dire : « S'il te plaît, casse-toi. Personne ne veut te voir. Meurs. »

Pendant mon job de vacances, les jours passent plus lentement les uns que les autres. J'ai l'impression de traîner le temps de toutes mes forces dans les rayons. Mais le Nouvel An finit par approcher, et je monte dans un bus pour Lahti. En ville, je marche dans les rues, désertes au petit matin, et je me dis que ça doit ressembler à ça, de survivre à la fin du monde.

Une question brûlante me taraude : acheter ou ne pas acheter des capotes ? Si oui, et si ensuite je les sors comme par magie le moment venu, cela va donner l'impression que je me suis préparé pour le sexe. Autrement dit, que j'attendais du sexe. Autrement dit, Iisa risquera de croire que c'est tout ce que je veux. Mais si je n'en ai pas, cela laissera croire que je n'y ai pas pensé du tout. En d'autres termes, que je ne la désire pas. Cette chienne de vie, moi je dis, cette chienne de vie, c'est un emmerdement permanent.

Je me dirige vers la porte de la supérette, pose la main sur la poignée, mais me ravise au dernier moment. Je fais le tour du pâté de maisons, reviens devant la porte, renonce de nouveau. Je fais trois fois le tour du quartier avant d'entrer. Au niveau des caisses, je joue à celui qui choisit une barre chocolatée, alors que je lorgne les glorieux paquets étincelants. Je reconnais Durex Extra Safe, la marque que j'ai trouvée dans la penderie de mon père, un jour, quand j'étais au collège, et je l'élimine donc d'emblée. Extra Safe, deux mots qui font bouger mon père. Je voudrais être rebelle, je voudrais tout envoyer se faire foutre et prendre le modèle ultrafin, mais j'ai le vertige rien que d'y penser, ça me fait trembler les mains, si bien que j'opte finalement pour Magic, plus neutre. Je jette un coup d'œil à la vendeuse, une jolie jeune femme, et je déglutis. J'aurais moins de mal avec une vieille dame, pour acheter des capotes. La vieille ne se demanderait pas comment un grand dadais pareil a réussi à coucher. Alors qu'au fond ça m'énerve, toute cette opération périlleuse, toute cette honte. Ça fait vraiment années 1990, de se mettre mal à l'aise pour acheter des capotes. Acheter des capotes, c'est embarrassant dans les manuels d'éducation pour la santé ou dans les exposés informatifs de mon père, pas dans la vie d'un homme de vingt et un ans. Cette réflexion me redonne assez de forces pour aller au comptoir et y flanquer un Kitkat. J'attrape la boîte de capotes et la pose à côté du chocolat, à l'envers. La vendeuse scanne les deux articles et annonce le prix avec un professionnalisme effrayant. Son ton indifférent accentue le fait que la situation n'est pas indifférente, il souligne que chacune des deux parties sait pertinemment ce que pense l'autre. Je saisis mon code tant bien que mal sur le terminal de paiement, dis merci sans laisser le temps à la vendeuse de me proposer le reçu, et je fonce dehors comme si l'immeuble s'effondrait à cet instant précis.

Iisa se tient dans l'entrée, un sac-poubelle rose bonbon à la main. Avec son rimmel et ses cheveux lâchés, elle compose un spectacle fascinant, mais je présume qu'elle est de ces gens qui n'aiment pas entendre des compliments sur leur apparence, et je me contente donc de la prendre dans mes bras pour lui souhaiter une bonne année. C'est la première fois que j'enlace quelqu'un de ma propre initiative. Nous sortons la poubelle. J'essaie de bavarder de manière détendue, mais je me sens un peu raide et je ne tarde pas à me dire que j'aurais moins de mal, par exemple, à déambuler dans la forêt, drogué ou exposé aux griffes d'une bête féroce plus grande que la moyenne. Ou même à partir en pèlerinage. Je dois sans cesse faire l'effort de me rappeler qu'Iisa est une personne merveilleuse et que, si je veux mettre un tant soit peu de contenu dans ma vie, il faut bien supporter ces sentiments gênants.

La nuit tombe rapidement. Nous préparons une pizza, mangeons un gâteau au fromage avec une inscription en fondant bleu sur le glaçage : Iisa cœur Aaro. Malheureusement, le cœur s'est brisé dans la phase de décoration. J'espère très sérieusement que ce n'est pas un présage.

Les premiers feux d'artifice retentissent après le dessert. Nous passons sur le canapé, moi d'abord, Iisa ensuite. Il reste une cinquantaine de centimètres entre nous, et je passe en revue dans ma tête toutes les raisons possibles pour qu'elle laisse cette distance.

« Tu voudrais mettre de la musique ? demande-t-elle.

– Ouais. Bien sûr. »

Je parcours l'iPad connecté à la stéréo, mais je n'ose pas choisir le moindre titre.

« Quel morceau est important pour toi ? je demande. Je veux dire, tu as un tube que tu écouterais toute seule ? »

Iisa réfléchit. Des minutes passent. Elle prend son iPad et pianote.

« Ça, c'en est un. »

On entend du piano, puis une voix féminine. *Lentement tombe la fièvre / la sueur coule à nouveau.* Iisa ferme les yeux. Je regarde le tapis, son motif de vagues noires et blanches. *Fais-moi tout ce que tu voudras, en toute tranquillité / mais ne va pas t'imaginer que j'aie du désir pour toi.*

Le morceau fini, je continue de fixer le tapis et j'attends qu'Iisa dise quelque chose. Mais elle ne dit rien, elle reste assise, les yeux fermés. Les fusées pétaradent. Les guirlandes lumineuses suspendues à la fenêtre projettent sur le mur des ombres vacillantes, étoilées.

« C'était... vachement émouvant. »

Iisa ouvre les yeux.

« Oui.

– Ça fait quoi de l'écouter avec moi ?

– C'est très... bizarre. »

Sur le palier, une porte s'ouvre et se referme. Des talons claquent.

« Et toi, tu as un tube comme ça ? »

Je réfléchis, mais moins longtemps. Finalement, je mets *Loser* de Beck, avant de me rendre compte que ça sonne faux, complètement décalé après ce qu'on vient d'entendre. Je laisse le morceau jusqu'au premier refrain, à l'endroit où il chante *I'm a loser baby, so why don't you kill me ?* et je coupe.

« Voilà. »

Je sens le rouge me monter aux joues.

« OK, commente Iisa. Assez différent de tout ce que j'écoute. »

Silence. Je frotte mes mains en sueur.

« Pourquoi on est assis si loin ? » demande Iisa.

Sincèrement soulagé, je souris et viens me placer tout contre elle. Nos mains s'entrelacent. Nos visages se joignent. Nous nous embrassons. Nous nous embrassons encore. Puis nous quittons le canapé. Nous enlevons nos vêtements. Cette étape me semble curieusement pragmatique, comme s'il s'agissait de se préparer en vue d'un plongeon à fort coefficient de difficulté. Je sors les capotes de mon sac, ce qui me paraît encore laborieux, trop lent. J'en place une au bout du pénis, mais elle m'échappe et va se salir je ne sais où. J'ouvre un nouveau sachet, concentré à l'extrême, bandant comme un archer. Je manque de jouir en la déroulant, mais me retiens in extremis. Iisa est allongée sur le lit, nue, complètement nue. Une femme nue. À portée de main. Le monde se met à tourner. Les choses se passent à une vitesse effrénée, comme si la vie défilait en avance rapide. Iisa a le pubis rasé. Elle ne sourit pas.

« T'es sûre ?

– Certaine ! »

Elle dit que je peux la toucher, qu'elle ne va pas se casser. C'est la première fois qu'elle désire réellement quelqu'un. *Fais-moi tout ce que tu voudras.* Le refrain résonne dans ma tête. Je m'étends sur elle. Mes lèvres contre les siennes. *Plusieurs années.* J'essaie de la pénétrer. Je ne trouve pas le bon angle. Pourquoi ça a toujours l'air évident, au cinéma ? *Mais ne va pas t'imaginer que j'aie du désir pour toi.* Je cherche avec la main. Souffle d'Iisa. *D'habitude j'ai pas besoin de demander pour que les garçons me tiennent dans leurs bras.* Sueur. *Plusieurs années.* Érection palpitante. *Bordel, Aaro. Oui parfaitement. Bordel, Aaro.* T'es vraiment super. *Pouah putain t'es moche.* Je t'aime. *J'y crois pas t'as sucé le prof ou quoi ?* L'odeur d'Iisa. Non, non, ne mollis pas. S'il te plaît, ne mollis pas maintenant.

Comme si j'étais témoin des attentats du World Trade Center. D'abord je n'en reviens pas : *Non, ce n'est pas possible, c'est une illusion. Juste une illusion.* Puis l'aveuglante vérité : Ça se passe pour de vrai, c'est vrai, vrai, vrai. Ensuite, la crise de panique : *Qu'est-ce que je vais faire, qu'est-ce que je vais faire ?* Et finalement, le chagrin écrasant, dévorant, et la peur. La tour s'effondre, la fumée se soulève, le verre et l'acier volent en éclats dans les rues et c'est la fin du monde tel que nous le connaissions. J'avoue que la comparaison est disproportionnée, sans commune mesure, car la catastrophe que voici est beaucoup plus grande, bien sûr, pour moi. Ma verge. Entre mes cuisses. Sèche, avachie, minuscule. Comme un petit campagnol sans poils.

7

L'air sent le soufre, réminiscence excitante de mon enfance. C'est l'odeur qui flottait la nuit où mon père a dressé la fusée – la seule et unique jamais achetée chez nous – sur la glace, dans la neige, puis a couru se mettre à l'abri avec ma mère, Alisa et moi, tandis que les étincelles orangées jaillissaient au bout de la mèche. Ce parfum nous suivait tandis que nous remontions à la maison. Il me berçait dans l'illusion que l'école était un concept aussi lointain que les sapins de la rive opposée, dilués dans le ciel étoilé.

En l'occurrence, l'odeur est plus forte, maintenant que je marche dans le centre de Lahti et non sur le lac gelé. Je croise des troupeaux d'ivrognes qui titubent en lâchant des rires exubérants et crient des mots qu'on croirait surgis d'un autre monde. Seuls les chauffeurs de taxi en sont témoins. Beaucoup de regards se fixent sur moi, grand fou solitaire. Quelques secondes, juste assez pour que les yeux rendus vitreux par le mousseux puissent se fixer et les sourcils se froncer. Je dois offrir un drôle de spectacle, en cette nuit où tout le monde est censé s'amuser. Ou sinon s'amuser, du moins avoir de la compagnie. J'espère que la raison de ces regards est aussi simple que cela. Mais je crains qu'il y en ait une autre, plus profonde, plus fondamentale. Je crains que les gens me voient, moi, qu'ils voient que j'ai un défaut. Que je ne fais pas partie du groupe.

La capote me serre toujours, la bite frotte péniblement dans la jambe du chino. Je n'ai pas été fichu de l'enlever, pas capable de m'avouer vaincu. Après une session de plusieurs minutes à me confondre en excuses et en explications, au saut du lit, je me suis rhabillé aussi vite que si je m'étais réveillé tout nu au rayon prêt-à-porter d'un grand magasin. En ramassant caleçon et chemise dispersés, j'avais l'impression d'avoir au moins quatre-vingts ans. *Sénile*, martelait mon esprit. *Pauvre merde impuissante.* Après une décennie de branlette, pour une fois qu'on a besoin du zizi, y a plus personne. Et en même temps, je me disais – quelle horreur ! – que c'était peut-être un soulagement pour Iisa. Peut-être n'était-elle pas réellement prête, et mon corps le pressentait. Mais si ce n'était pas le cas ? Comment savoir ? Où est le vrai, où est le faux ? Dans les profondeurs de la forêt immense sinue un sentier argenté : le sentier des choix judicieux. Mais il se ramifie en centaines d'autres sentiers, et tout est si noir que je ne peux distinguer le bon itinéraire. Je trébuche sur des pierres et des souches, m'en remettant à mon instinct pour bifurquer n'importe où. Et tous ces gens me voient trébucher. C'est pour ça qu'ils m'observent. Ils voient que je suis complètement paumé, que je suis un impuissant avec une capote au bout de sa bistouquette toute molle, un bon à rien.

J'ai dit à Iisa que je sortais prendre l'air, peut-être un quart d'heure, plus ou moins. Elle était appuyée au chambranle, dans sa culotte sexy qui m'excitait et me déchirait le cœur. « OK », elle a dit doucement, presque en chuchotant, et elle avait un air soucieux en me regardant dévaler l'escalier. Ça fait une demi-heure. J'attends au carrefour. Les voitures défilent en masse et en trombe. Je vois un SUV BMW, ses phares bleu fluo s'approchent tels des yeux d'hyène. Il suffirait d'un pas. Aussi simple que ça. De toute façon, c'est la même merde qui tourne en rond d'une année à l'autre, alors quelle différence que je meure tout de suite ou dans cinquante ans ? Qu'est-ce que ça pourrait bien changer ? Qui a décrété qu'on était obligé de vivre ? Je n'ai pas voulu naître, je n'ai pas choisi, je n'ai pas coché un formulaire certifiant que moi, soussigné âme innocente, je désirais naître sur la planète Tellus sous la forme d'Aaro. Alors pourquoi ne pourrais-je pas refuser ? Comme si au restaurant, après avoir goûté mon plat, je faisais signe au serveur et lui disais : « Non merci, ce n'était pas pour moi. » Dans les écouteurs, en plus, j'ai le deuxième nocturne de Chopin. Quelle scène magnifique ce serait, de mourir dans les bras de ces notes !

La BMW est passée. La chaussée déserte brille devant moi. Mon reflet, dans les vitrines en face. Le feu passe au vert.

Je chasse les dernières pensées de ma tête comme un mauvais souvenir. L'esprit est semblable à un grenier de grand-mère, qu'on peut explorer à la lampe de poche depuis le haut de l'échelle. On ne sait jamais sur quoi le faisceau lumineux va tomber. Si c'est quelque chose de gênant ou d'horrible, il faut vite éclairer ailleurs. Mais cela ne peut pas durer indéfiniment. Parfois, il y a tellement d'endroits horribles qu'on n'ose plus du tout déplacer la lumière. Ce moment-là se rapproche.

Je rembobine la soirée dans tous les sens, cherchant mes erreurs. Je me demande ce que j'aurais pu faire autrement, comment j'aurais pu tout sauver. Je repense à ma vie entière. Aux moments où j'aurais pu tout faire basculer pour le meilleur ou pour le pire. Depuis quand ai-je quitté le sentier argenté, celui des choix judicieux ? Peut-être pas trop longtemps ? Peut-être qu'il est toujours aussi proche que je le souhaite. Et peut-être qu'il faut regarder devant soi, sur ce sentier, pas derrière. Je pourrais essayer encore une fois.

Je cours au petit trot vers le logement d'Iisa. J'accélère gentiment, mes tennis claquent dans la boue. Jc me concentre sur la phase de suspension entre les foulées, sur la sensation fugitive d'apesanteur.

Iisa ouvre la porte dans un tee-shirt sur lequel est écrit *Don't look back, you're not going that way*. Je la serre longuement dans mes bras. Nous buvons du thé. Nous mangeons du gâteau. Nous sortons, marchons dans les rues, grimpons sur un rocher d'où l'on voit tout le centre-ville. Les couleurs de l'aube emplissent le ciel.

« Tu m'es très cher », dit Iisa.

Je réponds : « Toi aussi » en la prenant par la main.

Nous tournons les yeux vers le ciel et, tout en sachant déjà ce que je vais déclarer ensuite, j'attends d'abord que le silence ménage de la place pour les mots.

« Ça va être une bonne année, je lance enfin.

– Oui », approuve Iisa.

Elle a des moufles bleues en laine. Sa main manque d'abord d'assurance, mais ensuite elle se détend. Nous débutons le compte à rebours.

PRINTEMPS

1

J'arrive à l'aéroport de Schiphol en milieu de journée. Je rallume mon téléphone et regarde si Iisa a répondu à mon message « Comment ça va ? ». Non. Mais elle l'a vu. Elle est en stage à Stockholm. Je ne lui ai pas parlé de ce voyage, je ne veux pas avoir l'air d'un enfant prodigue qui néglige ses études et part à l'aventure sur un coup de tête. Mais le fait est que je ne suis guère allé à l'université que pour manger, ces dernières semaines. Ma vraie vie est chez Iisa ; maintenant qu'elle n'est pas là, j'ai dû partir aussi, m'enfuir. Fuir la réalité, la misère qui règne à Jyväskylä, les cours bidon où je pique du nez, le lino du studio, la cuisine en désordre et les voisins qui gueulent. Ce sera ma dernière fugue, ma dernière croisade, le chant du cygne de ma jeunesse.

Il y a des gens en pagaille, et je ne comprends rien à rien. Je fais la queue à l'automate pendant un quart d'heure pour prendre un billet de train. Quand j'arrive enfin devant l'écran, j'apprends que ma carte est « invalid ». Je fais la queue au point info, où deux employés examinent ma Visa Electron comme un fruit exotique. Il en ressort qu'elle n'est pas utilisable aux Pays-Bas. Heureusement, j'ai vingt euros en espèces, je m'en sers donc pour acheter un titre de transport.

Le train est calme et climatisé. Une femme coiffée d'un foulard aux relents de cannelle agite un gobelet Starbucks et me regarde. Quelques pièces de cinquante centimes s'entrechoquent au fond de son récipient. « I'm sorry », je dis, et je me détourne. Pendant le reste du trajet, je regarde les complexes immobiliers qui défilent, et je me demande de quel droit je suis venu ici. Mais je reviens vite à la réalité en me rappelant que ma carte bancaire ne fonctionne pas.

Au pied de l'hôtel, il y a un distributeur de billets. J'insère la carte et obtiens cinquante euros. « Merci », je dis à voix haute.

Je m'enregistre à la réception, pars à la recherche de ma chambre et ressors aussitôt en ville. Je traîne dans les rues, les mains enfoncées dans les poches de mon manteau. Je n'ose pas m'arrêter pour prendre des photos et culpabiliser. Je n'ose pas entrer dans les magasins et culpabiliser, c'est au-dessus de mes forces. Quelqu'un a dit qu'à l'étranger on peut être assez seul pour ne pas être solitaire. Pourtant si, je suis solitaire, j'exsude la solitude par tous les pores, lorsque je me reflète dans les vitrines des boutiques et dans les miroirs des grands magasins. Les gens me regardent. Je n'arrête pas de me passer la main dans les cheveux. Je tourne dans une rue qui débouche sur un chantier. Un ouvrier se lance dans des explications accompagnées de grands gestes. J'essaie de parler anglais, mais il fait si froid que je n'arrive pas à articuler. Je me sens comme dans un rêve où on ne peut pas crier. Je fais demi-tour, pousse la porte du premier bar que je trouve et demande une Heineken.

Il commence à faire sombre. Les gens se déplacent comme du bétail. Je n'en ai jamais vu autant. Les petites balayeuses de voirie brossent les rues, elles me font penser au *Monde irrésistible de Richard Scarry.*

Je vais dans le quartier rouge. L'odeur de l'herbe me monte régulièrement au nez. Les femmes lavent leurs vitrines en bikini. C'est si horrible que je suis obligé de regarder. Je vais dans un bar et redemande une Heineken. Assez vite, je constate que je suis l'unique personne du bar à être seule. Je prends mon téléphone pour me donner une contenance, fais mine d'échanger des messages. Je regarde le match de foot à la télé. Ça me fait du bien chaque fois qu'un joueur rate un but ou une passe. Je commande une troisième Heineken.

Quand je ressors, il fait déjà nuit. Les lumières rouges se distordent à la surface du canal. Je vais dans un autre bar et commande une Heineken. Je m'assieds au comptoir, le vacarme est dingue. À côté de moi apparaît un homme d'âge moyen, beau. Il me demande d'où je viens. Je dis de Finlande. Il me demande comment je m'appelle. J'invente un nom. Je ne sais pas pourquoi. Il m'offre une bière. Il me pose des questions sur la Finlande et moi sur la Hollande. Il m'offre une deuxième bière. Il me propose de goûter une eau-de-vie hollandaise. Oui. Après l'eau-de-vie, il m'offre une cigarette à l'extérieur du bar. C'est la première cigarette de ma vie. Je n'aspire pas la fumée, je tiens seulement le filtre entre les lèvres en attendant que le tube raccourcisse.

Nous parlons des réfugiés. L'homme dit qu'il n'est pas raciste mais que la Hollande accepte trop de réfugiés. Je dis qu'en Finlande aussi il y en a un peu trop. Ce n'est pas ce que je pense. Mais je ne veux pas être nul. Je suis prêt à être quasiment de n'importe quel avis sur n'importe quel sujet, pour ne pas être nul. En plus, je suis soûl, et dans ces cas-là, globalement, rien n'a la moindre importance. C'est le meilleur et le pire, avec l'ivresse.

À l'intérieur, il m'offre encore un verre. C'est sympa de bavarder avec moi, paraît-il. Moi aussi, je trouve ça sympa de bavarder. À tel point que je commence à me demander si la bisexualité pourrait être une possibilité. Peut-être y trouverais-je *la* solution mythique, longtemps recherchée, qui résoudra tous mes problèmes ?

Je lui demande si ça vaut le coup d'essayer l'herbe. Plutôt avec des potes, il me dit. Tout seul, ce n'est pas une bonne idée, surtout bourré. Nous vidons nos verres, puis il paye l'addition de quatre-vingts euros et prend congé. Pour finir, il me fait promettre de ne pas aller dans un coffee-shop quand je suis soûl. Je promets.

En sortant du bar, je me dirige vers le premier coffee-shop que je trouve. J'entre de plein fouet dans l'odeur du cannabis, comme dans un mur. Un groupe est vautré sur un canapé, mais je suis tellement bourré que je ne vois pas les visages. La carte des prix est affichée au-dessus du comptoir : Mushrooms, Joints, Cakes… J'observe les mots, et je me sens déjà défoncé rien qu'à les voir. Au comptoir, je demande un truc léger. Un type à la peau foncée et au look de rappeur me répond que je suis soûl et que, dans cet état, il vaut mieux ne pas fumer. « *It will hit you like fuck.* » Je sors et prends un taxi pour l'hôtel.

En chemin, je suis foudroyé par un besoin pressant. Le jeune chauffeur asiatique tapote son volant sur fond de trance qui palpite dans les haut-parleurs de porte. Moi aussi, je me claque les genoux, en me disant qu'on sera plus vite arrivés si on tambourine tous les deux.

Le chauffeur s'arrête au bord du trottoir, je lui file trente euros et l'invite à garder la monnaie. Je franchis en courant les portes coulissantes. Le hall est étrangement blanc avec des lumières vives, très différent du souvenir que j'en avais. En dévisageant les employés qui sourient derrière le comptoir, je comprends que je me suis trompé d'hôtel. Je me confonds en excuses et ressors en courant. Je fais le tour du pâté de maisons, trouve mon hôtel et arrive enfin dans ma chambre, où je pisse à m'en faire venir les larmes aux yeux.

Le lendemain, j'achète un chino à cent euros et vais dans un autre coffee-shop. Je redemande un truc léger, et je reçois un joint roulé dans du papier brun. Je m'assieds sur un canapé pour observer l'objet. Je ne sais pas par quel bout il faut l'allumer. Je reste assis là peut-être un quart d'heure, le joint à la main. Puis je sors et le jette dans une poubelle. La rue est silencieuse. Je m'appuie au garde-fou du canal et regarde dans l'eau. J'entends pleurer. Tournant la tête, je vois une jeune femme en larmes qui pédale dans ma direction. Les sanglots résonnent dans la rue déserte. Je la regarde passer, et je regarde encore dans sa direction longtemps après qu'elle a disparu.

Je vais dans un bar et commande une Amstel. De l'autre côté de la salle retentissent les éclats de rire d'une clientèle d'un certain âge, d'allure respectable. Tout à coup, je me sens presque en sécurité.

Quand je ressors, c'est déjà le soir. Je marche dans une direction, je ne sais pas laquelle mais j'y vais quand même. J'aperçois des mots qui brillent en rouge : Dolphins Coffee-Shop. Cette fois, je décide d'honorer ma mission.

À l'intérieur, les murs sont revêtus de coraux en plastique et la musique est du rap. Comme je demande un truc léger, je reçois le même genre de clope que précédemment. Une bouteille de jus de pêche l'accompagne. En fumant de l'herbe, paraît-il, il faut boire du jus de fruits. Je demande par quel bout l'enflammer, la serveuse me montre en souriant. Je m'assieds à une table et allume le joint avec un briquet orné d'un motif de dauphin. J'aspire l'épaisse fumée veloutée et retiens mon souffle comme on me l'a conseillé. Je ne sens rien de spécial. C'est pour ça qu'on fait tout un flanc ? je me demande. Je vais chercher une deuxième clope, plus grande, et cette fois je me sens comme si quelqu'un avait réglé la réalité au ralenti. Mes pensées sont claires et nettes, cristallines, mais la vie devient lente et douce. Je n'ose pas fumer jusqu'au bout.

Dans le tram, en rentrant à l'hôtel, j'écoute *Champagne Supernova* d'Oasis. Ça ne sonne pas comme d'habitude. J'ai l'impression qu'on me verse un smoothie bien frais dans le cerveau. C'est comme ça qu'il faut l'écouter, je me dis, en même temps qu'une mer de lumière jaune fromage chatoie sur les vitres.

Le dimanche, j'achète une chemise à cent soixante-quinze euros. La vendeuse me sert de l'eau minérale pendant que je me regarde dans la cabine d'essayage. J'empile les billets sur le comptoir un par un, en comptant dans ma tête. Arrivé à cent, je commence à sourire sans retenue. Dans cette chemise, je n'aurai rien à craindre.

Sac du magasin en main, je vais à la gare et prends un train pour la côte. Dans le wagon, ma voisine tape des messages WhatsApp. Je guette son écran mais je ne comprends pas un mot. Reprenant soudain conscience de ma solitude, je me tourne vers la vitre sale et me retiens de pleurer. Ça me demande un sérieux effort.

Nous arrivons dans une petite gare devant laquelle l'énergumène le plus poilu que j'aie jamais vu chante du Bob Dylan. Son étui de guitare est aussi béant que vide. Je marche jusqu'à la plage de sable et regarde l'horizon. En contemplant la mer assez longtemps, je me laisse gagner par le sentiment que toutes les choses du monde ne sont peut-être pas de ma faute, finalement.

À l'aéroport, j'arpente des halls interminables avant de trouver la bonne porte. Je m'assieds sur une banquette et pousse un profond soupir. Je mets les mains dans les poches. Elles sont vides. J'ai oublié le portable, l'ordinateur, le portefeuille, la carte d'embarquement et le passeport au contrôle de sécurité. Je traverse le terminal en courant et, par miracle, je retrouve toutes mes affaires.

Lorsque je reviens en porte, je suis pris d'une subite envie de vomir. Notre avion vient se coller à la passerelle, pointant sévèrement son nez derrière la vitre. J'ai l'impression de regarder la mort droit dans les yeux. Je chancelle dans le couloir où les enfants poussent des cris et les adultes jouent des coudes. C'est le moment où j'étais censé marcher avec force et indépendance, détendu, expérimenté. Je devais me sentir jeune et libre, prendre congé de mes nouveaux amis en les serrant dans mes bras, sourire, m'appuyer au dossier, plonger le regard dans la mer de lumière qui s'étend derrière le hublot, avec nostalgie, mais aussi une satisfaction alanguie, et me dire : *Je n'ai pas été nul.* Mais quel est le bilan ? Je repense aux euros dilapidés, à tout le monde qui me regardait bizarrement, *pourquoi ça se passe toujours comme ça ?* et, le visage blême, je lorgne pendant tout le vol le logo Finnair sur le sac à vomi.

À Vantaa, je me sens rétabli. Je déambule dans le terminal désert en me demandant ce que je vais faire ensuite. Je n'ai pas envie de retourner tout de suite à Jyväskylä. Ni à la maison. Ni nulle part, en fait. Je regarde si Iisa a envoyé des messages de Suède.

« Tout va bien ? »

Envoyé il y a une heure.

Il me vient alors une idée. Tout d'abord, on dirait un espoir impossible, une simple blague. Mais tandis que je caresse cette idée pendant un certain temps, elle devient une réalité, un projet mûrement réfléchi, auquel je ne voudrais renoncer pour rien au monde.

« Et si je venais te rendre visite ? » j'écris à Iisa.

Je n'avais pas prévu d'aller à Stockholm. Le stage d'Iisa en école maternelle ne durait que trois semaines, et j'avais soi-disant trop de partiels. En fait, je n'en avais aucun, je voulais seulement donner l'impression que je menais une vie raisonnable et socialement valable. Je voulais m'en convaincre autant qu'elle. À vrai dire, c'était sûrement moi que je voulais convaincre, plutôt qu'elle. Iisa préparait son diplôme de puéricultrice en même temps que je me traînais à des cours de « théorie narrative cognitive » ou de « narratologie non naturelle ». Si un pote ou un parent d'Iisa me demandait ce que j'étudiais ou ce que j'allais devenir, je marmonnais des généralités et détournais la conversation en les félicitant pour l'arôme de leur café. Réponse franche : je n'ai pas la moindre idée de ce que je vais devenir. C'est déjà pas mal que je sache ce que je suis maintenant. Dans les bons moments, je me dis que c'est ce qu'on ressent quand on devient adulte ; dans les mauvais, que c'est ce qu'on ressent quand on rate sa vie.

D'un autre côté, tant que ma Visa Electron a du crédit, tout va bien. Je n'ai pas vérifié le solde depuis quelques jours, et je n'ai pas l'intention de le faire. Je compte sur la prime de vacances au supermarché, sur le cadeau de Noël de ma grand-mère et sur les subventions de l'État. Sous leur protection, je réserve un vol matinal pour Arlanda et prends une chambre au Hilton de Helsinki-Vantaa.

Je m'enfonce dans un fauteuil du hall de l'hôtel. C'est le début d'avril : malgré l'heure tardive et la pénombre ambiante, le ciel n'est pas totalement retranché comme en hiver, une lueur d'espoir s'infiltre par les vitres. Je regarde passer les gens habillés avec dignité et cherche à deviner leurs occupations. Un feu artificiel crépite dans la cheminée. J'entends parler danois.

Iisa est surprise mais joyeuse que nous puissions quand même nous voir.

« Mais tu n'as pas de cours ? » m'écrit-elle.

Je mens : « Non. Enfin, quelques-uns annulés, je me suis dit que ce serait cool de venir te voir. »

« OK… bah, bien sûr c'est chouette <3 »

Iisa loge à Saltsjöbaden, dans une maison où elle travaillait au pair il y a deux ans. Elle l'occupe toute seule parce que la famille est en vacances en Thaïlande, comme chaque année. Au fil de l'hiver, j'en ai tellement entendu sur cette famille que j'ai l'impression de l'avoir rencontrée plusieurs fois. J'ai tout entendu sur ce qui est mieux en Suède qu'en Finlande – à savoir, si j'ai bien compris, à peu près tout. J'ai entendu de nombreux exemples illustrant les défauts des Finlandais et la supériorité des Suédois. Des fois, ses sarcasmes me soûlent et je lui fais remarquer que c'est ringard d'envier les Suédois – en plus, il n'y a rien de plus finlandais que de critiquer la finlandité. Iisa me répond que je suis jaloux. Peut-être. Jaloux du pays tout entier.

Les clients de la table voisine se lèvent et se déplacent vers l'ascenseur dans des éclats de rire. La configuration dans laquelle ils ont laissé leurs quatre chaises retient mon attention. On dirait qu'ils y sont toujours assis. Quatre fantômes.

2

Au réveil, j'ai la langue collée au palais ; sur la table de nuit, le cadran à cristaux liquides indique 05:17. Grâce à la précision et à l'assurance affichée par ces chiffres lumineux rouges, je reprends des forces. Je remets les habits d'hier, avale une gorgée d'eau au robinet de la salle de bains et ramasse mon sac, mon faux Longchamp. Le décollage est dans trois heures, mais je ne tiens pas en place. J'erre dans les couloirs jusqu'au terminal où les annonces et les grandes villes sur les écrans me fortifient comme le faisait l'horloge de chevet dans la chambre d'hôtel.

Le ciel s'éclaircit, et j'éprouve bientôt la nostalgie des moments obscurs du petit matin, où le monde semblait gentil et brumeux. Au fur et à mesure que la lumière se répand, il devient plus exigeant, plus sévèrement scrutateur.

Dans l'avion, un épouvantail vient se poser à côté de moi, sorti tout droit d'un tournage de série policière. Tatouages sur chacun des doigts, bouteille d'alcool dans la poche du pantalon. Sur le devant de la veste, des deux côtés, on peut lire « connard ». Dans les rangées voisines, les passagers le regardent en haussant les sourcils. Ça fait du bien de sentir que ce n'est pas moi qu'on regarde de travers, pour une fois. Ici, je suis un honnête citoyen. Je ne cherche même pas à savoir si j'ai les cheveux en bataille ou un air stupide en demandant un café à l'hôtesse.

Je suis tout de même soulagé lorsque le train d'atterrissage touche terre et que les ceintures de sécurité emplissent la cabine d'un cliquetis de délivrance.

Je monte dans un train qui m'emmène à Centralen. Il y a une valise au milieu de la gare ; lorsque je passe à côté, j'ai la certitude qu'on va tous exploser. Mais non, la vie continue, le joyeux boucan du matin, et je suis un poil déçu en sortant. Pour une fois, j'aurais pu connaître un vrai danger, avoir peur pour une bonne raison, un motif parfaitement respectable. Voyager, c'est peut-être le meilleur moyen de se mettre réellement en danger. Ce serait rafraîchissant, un danger objectif, qui affecterait tous les autres aussi, sans se limiter à ma nullité personnelle. On pourrait le craindre ensemble. Il ne viendrait pas du simple fait que je suis moi.

Je ne trouve pas la station de métro. J'essaie de sortir sur la place Sergel en pensant y accéder plus facilement par l'extérieur. Je me tourne vers des portes vitrées à l'aspect informel, mais aucune ne s'ouvre. De l'autre côté, une femme d'un certain âge est assise par terre, adossée au mur. Une cigarette à la main, elle exhale une épaisse fumée entre ses lèvres. Son regard est fixé par terre comme si elle essayait de transpercer les pavés avec les yeux. Me remarquant, elle me fait un geste de la main pour tenter de m'indiquer comment ouvrir la porte. Je ne comprends pas. Je tire la poignée dans tous les sens, mais rien ne se passe. Finalement, elle se lève et appuie sur un petit bouton dans le mur : la porte s'ouvre. Je dis *tacksåmycket* et je souris. La femme se marre et me montre du doigt en criant quelque chose qui dépasse mes modestes compétences linguistiques.

Dans le Tunnelbana bondé, je repense au bagage de Centralen : je ne suis pas un terroriste, moi. Réconforté par cette idée, j'ai l'impression que des bras rassurants m'enveloppent. Je ne suis pas un terroriste, bordel, je répète en pensée. Je ne fais de mal à personne. Je suis dans le même camp que les autres voyageurs, tous ces gens qui veulent juste rentrer chez eux. Je suis dans le camp de la Gamla Stan, dont les bâtiments défilent à la fenêtre, fiers et prestigieux. Je n'ai pas participé à leur construction, mais jamais non plus à leur destruction ; à tous égards, je m'efforce d'agir de manière à rendre le monde plus facile pour les autres. On peut me faire confiance. Et c'est quand même quelque chose.

Iisa m'a donné des consignes précises pour me rendre à Saltsjöbaden. Malgré tout, à Slussen, je pars du mauvais côté et finis par errer dans je ne sais quels escaliers. Je rate donc la correspondance et grelotte en plein courant d'air pendant une demi-heure jusqu'à l'arrivée du Saltsjöbanan suivant. La rame est froide et vieille.

À l'arrivée, Iisa se tient sur le quai, étrangement sérieuse, en manteau blanc. Comme une chandelle. Nous nous enlaçons gauchement, sans bien savoir quoi dire. Je prends sa main, par pur devoir. Ou plutôt pour tester : je veux vérifier qu'elle ne la retire pas. J'avais attendu des retrouvailles enflammées, cinématographiques, des phrases comme « je suis super contente de te voir » et « c'est super que tu sois venu quand même ». À présent, je n'entends que des pas lents, des craquements de petits cailloux égarés sur l'asphalte, scintillants d'humidité. J'ai l'impression d'être tombé dans un jeu d'ordinateur auquel je jouais enfant, où on circulait dans des labyrinthes avec un monstre qui guettait au fond de chaque cul-de-sac. À Amsterdam, l'extériorité. À Jyväskylä, la solitude. Ici, le silence.

« C'est loin ? je demande.

– Non, juste là. »

Je la regarde en coin. Toujours aussi sérieuse, elle ne quitte pas la route des yeux. Devrais-je lui parler de mon voyage à Amsterdam ? Non, laissons tomber. Ce serait une opération de grande envergure. Dans l'immédiat, il y a d'autres priorités.

« Tout va bien ? » je demande.

Iisa me regarde.

« Oui oui. Bien sûr.

– Mais un truc te préoccupe ? »

Je demande cela presque comme si j'espérais que quelqu'un allait mal, dans le fond.

« Rien de spécial. Ça me fait juste bizarre que tu sois là tout à coup.

– Tu as le sentiment que je brise cette idylle ? Ton fantasme suédois ? »

J'écarte les bras et regarde les maisons individuelles où la perfection se cristallise de bien des façons. J'imagine les fêtes qu'on organise dans ces jardins quand vient l'été. On lève des verres de vin, on décortique des crevettes. Les gens se promènent sur le gazon, beaux, prospères et, surtout, à leur place dans la vie. Ils parlent météo marine, options de la Volvo, leçons de tennis des enfants. Ce sont des stéréotypes, mais j'y pense forcément, ici.

« Enfin, je veux dire, tu étais sur ton petit nuage élitiste et tout à coup tu te rappelles que merde non, tu avais ce gros benêt de Finlandais angoissé en guise de petit ami ? »

Cette fois, Iisa sourit. J'ai l'impression d'avoir enfin de l'oxygène après une longue plongée en apnée.

« Mais non, rien à voir, dit-elle. Ne t'inquiète pas. »

La maison est rouge, plus rustique, plus humaine que celle des voisins. Lorsque Iisa ouvre la porte, un grand chien noir et blanc surgit derrière. L'animal halète dans l'entrée, un lapin mou dans la gueule. Il me saute dessus avec ses yeux bruns exorbités. Je le gratte des deux mains.

« Tu veux un petit déjeuner ? » demande Iisa.

Je ne sais pas très bien si c'est à moi ou au chien qu'elle pose la question.

Dans la cuisine, il y a un plancher clair, égratigné. Il grince sous les pas. Même la table est parsemée d'entailles et d'éraflures.

« Quatre enfants et une chienne, explique Iisa comme si elle entendait mes pensées.

– C'est plutôt rassurant, ce plancher éraflé. Comme quoi, ici non plus, ce n'est pas parfait.

– Mais ces éraflures n'empêchent pas la perfection, objecte Iisa. Elles en font partie. »

Elle nous verse du yaourt à la suédoise, c'est-à-dire qu'elle mélange du yaourt sucré avec du nature. Par la fenêtre, on voit le toit rouge des voisins. Ça me rappelle la villa Drôlederepos de Fifi Brindacier. C'est invraisemblable, je n'en reviens pas d'être ici, dans la cuisine d'une maison individuelle de Saltsjöbaden, en banlieue de Stockholm. Si je n'étais pas resté bloqué à Helsinki avec Iisa pendant les vacances de Noël, si nous n'avions pas été assis côte à côte à la fête de Sanna, si je n'avais pas connu Sanna… Le cours de la vie ne tient qu'à ces hasards, à ces événements enchaînés qui semblent si fragiles que même un ange ne s'y fierait pas. N'empêche qu'ils sont le socle de l'instant présent, cet instant qu'on croit incontestable et seul possible.

Je m'appuie au plan de travail. La chienne halète entre mes jambes. Ça doit se la couler douce, une chienne de riches Suédois.

« Elle mène la belle vie, cette chienne, je dis.

– Vous avez beaucoup en commun, tous les deux, déclare Iisa en flanquant les bols de yaourt sur la table.

– Hein ? Comment ça ? je demande en riant.

– Ben ta vie aussi, elle est assez facile, non ?

– Hein ? Facile ?

– Réfléchis, quoi. »

Je regarde la chienne dans les yeux. Elle me regarde aussi, penche la tête sur les côtés. Iisa éclate de rire.

« Ne prends pas ça trop au sérieux », dit-elle.

2009

Un vendredi, un policier vient à l'école. Toutes les classes s'accroupissent sur le parquet du gymnase, et nous regardons le grand monsieur chauve qui monte sur l'estrade dans son uniforme effrayant. Une crosse de pistolet dépasse de sa poche de pantalon. Il n'est pas à sa place, ce pistolet, dans cette salle. Ou dans le monde, globalement. Dans les BD ou à la télé, les pistolets sont admissibles. Mais pas dans le monde réel.

Le brouhaha se dissipe comme d'un clic d'interrupteur lorsque le policier lève la main. Il dit : « Bonjour les enfants. » Nous faisons écho en chœur, détachant les syllabes : « Bonjour mon-sieur ! » Nous répondons sur ce ton depuis le CP, et personne n'a jamais osé changer la tradition.

Je lutte contre la fameuse torpeur de la cérémonie matinale. Mon menton tombe sur mes genoux. Mais tout à coup, mes yeux s'écarquillent. Je viens d'entendre les mots *harcèlement scolaire*. Le policier parle de harcèlement scolaire.

Je baisse les yeux sur un marquage rouge tracé au sol. Je sais que chaque élève de notre classe est en train de penser à moi.

« Le harcèlement est un crime », déclare le policier.

Renforcée par les enceintes noires vissées dans les murs, sa voix devient pénétrante, insoutenable.

« Le harcèlement peut être aussi bien une violence physique qu'une persécution mentale ou une discrimination sociale. »

Chaque mot transperce la peau comme une épingle.

« Quelle que soit la nature de ce harcèlement, il laisse toujours chez la victime une trace douloureuse. Il restera absolument inoubliable, à l'âge adulte. »

Le policier croise les bras et nous regarde. Nous le regardons aussi, silencieux comme les murs.

« Le harcèlement doit toujours être dénoncé », dit-il.

Il fait les cent pas sur la scène ; les bottes claquent et les boucles cliquettent.

« Et s'il s'agit dc violence physique, c'est du ressort de la police. L'an dernier, j'ai enquêté sur une affaire où un garçon avait été tellement battu qu'il avait eu de multiples fractures à la clavicule. »

Le policier touche sa clavicule et tousse comme si ses mots avaient mauvais goût.

« La clavicule est un os qui finit par se reformer, certes. Mais le souvenir de cette expérience, alors ? Une violence répétée laisse dans l'esprit une plaie qui ne guérit pas si facilement. En frappant ou en insultant des copains, vous leur faites mal d'une façon que vous ne pouvez pas imaginer. Même s'il nc le montre pas, le harcelé souffre. »

Je serre les paupières, mords ma lèvre. Je pense aux garçons qui sont en train de baisser la tête de honte. J'ai pitié pour eux. Je voudrais leur dire : « C'est rien, c'était pas si grave, on est copains. »

« Parlez-en à la maîtresse, à l'infirmière, à vos parents, à la police, à n'importe qui. »

Le silence s'intensifie. Le regard du policier se pose sur moi.

« Parlez-en. »

La sonnerie conclut le cours d'anglais. La classe se déverse dans le vestiaire, puis dans la cour. Je suis le premier dehors. Je reste devant les portes pour attendre les garçons. On pourrait tout arranger, parler de ce qu'a dit le policier. On pourrait recommencer du début.

Viola et Emma poussent la porte et sortent en rajustant leurs écharpes. Matias et Daniel accourent derrière elles.

« Et maintenant on torture Aaro ! » crie le premier.

Il s'approche de moi à grands pas, les bras tendus. Je n'ai pas le temps d'effacer le sourire désolé qui ondoyait sur mes lèvres. Je me dis qu'il doit y avoir une erreur dans le monde : quelqu'un va venir en agitant les mains et en annonçant qu'on reprend complètement cette scène.

« Le cercle de torture ! Le cercle de torture ! » hurle Matias.

Daniel et Tino me bousculent dans tous les sens. Lauri apparaît à son tour.

« Hé, arrêtez ! crie Emma.

– C'est juste un jeu ! je lui réponds.

– Oui, c'est juste un jeu ! crie Daniel.

– Non c'est pas un jeu, je vais le dire à la maîtresse ! insiste Emma.

– C'est pas la peine ! » je crie.

Les garçons me renvoient les uns sur les autres comme un ballon de basket. Leurs mains frémissent d'excitation, leurs yeux sont plissés de rire. Une figure grimaçante et des mains brutales attendent là où on me pousse. Je suis aussi grand qu'eux, aussi fort. Je pourrais les frapper. Les rabrouer et partir en courant. Mais mes bras pendent misérablement. Je suis incapable de m'en servir. Je ne suis que neige fondante.

Je ris avec les garçons. Je ris à perdre haleine.

3

Nous n'allons pas faire du shopping à Gallerian ou à NK, parce que ces commerces sont pleins de touristes stupides déversés par les paquebots, paraît-il. À la place, nous montons sur la colline de Henriksdal, d'où l'on voit toute la ville. Un navire de Viking Line attend en bas. De l'autre côté de la baie se profilent le Nordiskamuseet, Skansen, les montagnes russes de Grönalund. Nous essayons de prendre une photo enlacés au retardateur, mais l'appareil n'est pas sous le bon angle. Iisa me demande si j'oserais demander de l'aide à des touristes.

« Ouais ouais », je dis en partant appareil à la main vers un groupe de Coréens.

Je veux montrer que je ne suis pas aussi naze qu'elle le croit peut-être, mais bel et bien courageux. Quand j'arrive à portée de voix des promeneurs, ma langue s'épaissit, ma gorge se noue et mes mains se mettent à trembler. J'ouvre la bouche, mais je capitule au dernier moment et passe devant le groupe sans m'arrêter. Après avoir pris quelques photos du paysage, je retourne auprès d'Iisa, regard rivé par terre, sourire crispé.

« Bon, alors pas de photo, constate Iisa.

– Non, j'avoue en grattant l'herbe sèche. Alors je suis un sale loser parce que j'ai pas osé demander ?

– Oui. Une affreuse loque humaine.

– Oui. C'est tout ce que je suis.

– Grave.

– Je n'ai aucune valeur dans cet Univers. Je ne suis qu'un tas de merde.

– Tu es littéralement sous les mouches à merde.

– Il faudrait m'abattre sur-le-champ.

– Absolument.

– On devrait m'enfermer dans un sac de fumier et…

– Bon allez, arrête maintenant. »

Depuis l'épisode de l'appareil photo, l'ambiance est morne. Comme si on avait changé, irrévocablement. Est-ce là que notre bonheur meurt, en cette matinée, dans ce brouillard scandinave ? Je croyais que ces pensées cesseraient après nos premières semaines ensemble, mais elles me tracassent toujours, elles continuent d'engourdir mon esprit et de s'enrouler comme une corde autour de mon cou. J'ai peur de dire ou de faire un truc de travers, de détruire encore ce miracle que la vie m'accorde.

Je brasse ces réflexions comme une machine à laver pendant que nous longeons la berge jusqu'au Palais royal. Nous achetons des sachets de bonbons et continuons dans la cohue du bord de mer devant le Grand Hôtel, prenons un autre pont et débouchons dans un parc où nous nous asseyons. Le voile nuageux s'est dissipé sans qu'on s'en rende compte, le soleil brille maintenant sur son étoffe bleue, scintille sur la crête des vagues si bien qu'il faut plisser les yeux. Quelques cygnes glissent devant nous ou donnent des coups de bec sur le rivage rocheux.

« Tu penses à quelque chose ? » demande Iisa.

Je regarde la Gamla Stan qui scintille sur la rive opposée, les centaines de fenêtres ornementales pointées avec assurance sur la mer. Les vieilles maisons ont un air authentique, souverain. Pourrais-je avoir la même confiance dans ma façon d'être, prendre exemple sur la fière allure de la Gamla Stan ?

Je reviens à moi pour répondre à la question d'Iisa, et j'hésite à être franc ou à inventer une diversion.

« La Gamla Stan. Elle est magnifique. »

Après un silence, j'ajoute :

« Et c'est génial d'être ici. Et toi, tu penses à quelque chose ?

– À toi. »

Je pose le sachet de Gott&Blandat sur le banc.

« Quoi, moi ?

– Ça te stresse, d'être ici ? »

Sa question me soulage et m'inquiète à la fois. Je refais face à la mer et à la Gamla Stan.

« Ben euh… Disons que ça me donne beaucoup à penser.

– Comme quoi ?

– Comme : qu'est-ce que je dois dire ? est-ce que je suis suffisant ? est-ce que tu préférerais sortir avec un Suédois ? Franchement, ça m'angoisse, ces choses-là.

– T'as remarqué que tu t'angoisses assez souvent ? »

Je souris, contre mon gré. Je voudrais paraître angoissé, prouver que j'ai un problème grave et que je n'y peux rien. Pourtant, j'ai envie de sourire, parce que c'est agréable, de parler d'angoisse. Pour une fois, j'ai quelque chose à dire.

« Euh, j'ai remarqué, oui, forcément, puisque je suis tout le temps angoissé. Même quand je suis heureux, je suis angoissé que ce bonheur soit bientôt fini. Des fois, je me demande pourquoi on se donne tant de peine à être heureux, en fait, vu qu'au final on est déçu dans tous les cas, et puis en plus de l'angoisse il y a la nostalgie du bonheur perdu.

– Tu te rends compte que c'est pas normal ?

– Évidemment. Mais j'aurais cru que tu pouvais comprendre, toi, qu'on peut pas toujours s'en empêcher.

– Bien sûr. Mais je me demande seulement d'où ça vient, tout ça.

– Je sais pas. Moi je pars toujours de l'idée que personne ne m'aime.

– Mais pourquoi ? Qu'est-ce qu'il y a derrière ?

– Je sais pas. »

Je regarde mes mains, arrache la peau à côté de l'ongle du pouce. Nous écoutons le clapotis de la mer. Finalement, j'adopte une position plus détendue et je brise le silence :

« À ton avis, si j'étais un renne, je serais solitaire quand même ?

– Hein, quoi ?

– En fait j'ai le sentiment d'être trans-espèce. Je suis pas né dans la bonne espèce. »

Comme Iisa ne rit pas, je continue : « J'aimerais mieux être un renne. Ou un dauphin, ou un koala. Mais mon père, il dit que même si j'étais un renne, je serais solitaire. »

Les yeux d'Iisa se concentrent sur le lointain. Elle balaye ses cheveux derrière les oreilles.

« Oui, sûrement. »

Il me faut plusieurs battements de cœur avant de me rendre compte qu'elle le pense vraiment. Le vide s'enfonce dans mon ventre. Je voudrais crier que c'est pas possible. C'est quoi, alors, mon problème ? D'un autre côté, peut-être que ce ne serait pas si grave, dans le fond. Il y a aussi des rennes solitaires, hein, qui peuvent aussi gambader dans des forêts luxuriantes, parfaitement heureux.

Je nuance : « Bon, mais au moins, je pourrais être libre. Je pourrais être tel que je suis.

– Pourquoi tu ne peux pas l'être maintenant ? »

La voix d'Iisa dénote un soupçon de tension, d'irritation.

« Ben, parce que partout on exige quelque chose de moi.

– Comme quoi ?

– D'être quelqu'un. »

Nouveau silence. Une famille passe devant nous, le petit garçon montre mon sachet de bonbons et s'adresse à sa mère. Iisa lui sourit. Moi aussi.

« Il faut y remédier, dit doucement Iisa. Tu ne peux pas passer ta vie et notre vie à être angoissé par le moindre truc dans cet Univers, bordel.

– Tu veux dire que tu en as marre, tu me quittes ? »

Iisa souffle comme pour dire « c'est ça qui t'inquiète le plus ? ». J'ai toujours sur la figure le sourire laissé par la rencontre avec le petit garçon.

« Euh, non, c'est pas ce que je voulais dire, répond-elle. Mais maintenant que tu en parles oui, au pire, c'est vrai. »

Mon sourire s'efface. Je me tourne vers Iisa. Ses yeux sont bordés de larmes. Je concède : « Mais je pourrai sûrement changer.

– Oui. Tu m'es cher. »

Je la regarde attentivement. Ses iris verts. Ses sourcils fins. Ses petites pupilles pénétrantes. Je me demande pourquoi elle m'aime. Je voudrais le lui demander, mais ce serait sûrement déplacé.

« Toi aussi », je dis.

Nous nous regardons jusqu'à ce que ça commence à paraître bizarre. Puis nous faisons face à la mer. Les cygnes se sont éloignés, on entend les cris des mouettes.

Le soir, nous nous couchons sous la même couette. Je caresse les seins d'Iisa, déplace la main lentement vers le bas. Elle se blottit contre mon corps. Respiration accélérée. Je sens une odeur de peau et de produit de beauté, de fruit sucré. Derrière la porte de la chambre d'amis, Ella se promène sur le plancher.

Je tourne Iisa sur le dos, retire sa culotte. Grâce à nos diverses itérations, nos mouvements sont fluides, en harmonie. Je la prends par les poignets et plaque ses bras au matelas comme elle me l'a appris. Sa sexualité, son passé et toute sa personne se sont construits lentement, tel un puzzle. J'ai trouvé des pièces dans ses journaux, dans ses anciennes mises à jour de blog et d'Instagram, je les ai assemblées la nuit, dans mon lit, en fixant le plafond. J'ai entendu des histoires de doigts pénétrant sous les vêtements, de pièces obscures, de gouttes de sueur ruisselant sur le visage. Devant ces récits, j'ai l'impression de me trouver sur un éperon rocheux par grand vent : le moindre faux pas peut me jeter au fond du précipice, déclencher un souvenir qu'Iisa ne supportera pas. Je ne sais pas si c'est une bonne attitude. Peut-être mon trouble se transmet-il à elle ?

En tout cas, à mesure que le puzzle d'Iisa s'assemblait, le mien s'est disloqué. Il était déjà passablement en vrac, certes, mais maintenant j'en suis conscient. Je le perçois à travers elle.

Tout cela bouillonne dans mon esprit tandis que je regarde le va-et-vient de mon ombre sur le mur, sens une vague qui monte, ferme les yeux, entends la respiration d'Iisa et serre ses poignets plus fort, puis tout disparaît sauf nous et je reste étendu sur son corps.

Je me laisse rouler à côté d'elle. Nous écoutons notre respiration se calmer.

« Incroyable ! s'exclame Iisa.

– Quoi ?

– Ben, pendant toute ma jeunesse, je pensais que je ne voudrais jamais, jamais faire l'amour.

– Ah. »

Je pense à moi qui avais peur, pendant ces mêmes années, de ne jamais *pouvoir* faire l'amour, mais je me dépêche de songer à autre chose pour ne pas le dire tout haut par inadvertance.

« Mais avec toi ça fait du bien, avoue Iisa. Je te désire. Tu as changé ma sexualité. »

Je replie les orteils sous la couette. Dans la vie, il arrive qu'on entende des choses auxquelles on n'est pas préparé, à aucun niveau, et auxquelles il est donc impossible d'apporter une réplique intelligente.

« Je suis ravi de l'apprendre. »

À m'entendre, on croirait que nous parlons de la guérison d'une grippe. Eh oui, même dans un moment pareil, mon introspection a trouvé son chemin. Je continue :

« Mais c'est vraiment troublant. Je veux dire, que je

puisse changer la sexualité de quelqu'un. Alors que je n'y connais rien, moi. Tu es la première avec qui j'ai été.

– Justement, c'est peut-être pour ça. »

Dehors retentit le signal du passage à niveau. Le Saltsjöbanan passe en cahotant. Après avoir ramassé la couette par terre, nous nous endormons.

4

Lorsque l'avion atterrit, j'ai l'impression de revenir à la case départ. Non, pire, encore plus en arrière. *Allez en prison sans passer par la case départ.* Le radar de la tour de contrôle se démène dans la grisaille. Avec la neige qui s'écrase sur le hublot, on dirait que ce n'est pas encore le printemps. Les gros flocons fondent lentement sur la vitre, impuissants, et coulent à pic comme des galets dans la mer. Mes mains tremblent et j'ai envie de crier, parce que je n'ai pas embrassé Iisa assez fort avant de monter dans le train pour Arlanda. Je me suis penché à la hâte, j'ai dit ciao, à peine l'ai-je regardée dans les yeux. J'avais peur de lâcher une bêtise au dernier moment. J'avais hâte d'en finir avec cette scène, hâte d'être en sécurité après une conclusion propre et nette. Mais j'aurais dû prendre mon temps, j'aurais dû l'embrasser fort, longuement. *Pourquoi tu l'as pas fait pourquoi tu l'as pas fait pourquoi tu l'as pas fait pourquoi tu l'as pas fait ?*

Par souci d'économies, je rentre à la maison en bus. La neige nous fonce dessus depuis l'obscurité tandis que nous vrombissons sur l'autoroute en direction du nord. Publicités éblouissantes au bord de la route. Prix de l'essence sur les panneaux des stations-service. Forêt noire. Comme si tout le monde me regardait, me demandait : « Qu'est-ce que tu pensais faire maintenant, hein, pécheur que tu es ? »

Je décide de consulter mon solde. Je serre les paupières, inspire profondément. Quand je finis par rouvrir les yeux, le trou de mille euros me donne un coup dans la poitrine. Je regarde un moment devant moi, la neige, puis à nouveau l'écran, et je chuchote « oh là là ».

Je descends du bus sur le bord de la nationale, prends le sentier transversal vers la route principale du village et continue dans la neige fondue en direction jusqu'à la porte d'entrée.

Je n'entends que mes pas dans la gadoue et le frottement du sac contre mon buste. La mairie morte et la pub grésillante de la pizzeria me rappellent où je reviens. Mais je suis mieux ici qu'à Jyväskylä. Là-bas, je vivrais dans le noir, sans rien d'autre à attendre que la solitude qui m'étoufferait à petit feu.

De rares étoiles scintillent. Lorsque leur lumière s'est mise en route, tout était encore possible. Ce n'est plus le cas. Mais si ça se trouve, il reste quand même une quantité étonnante de possibilités ?

Oserai-je raconter que j'ai fumé de l'herbe à Amsterdam ? Ou que j'ai acheté une chemise à cent soixante-quinze euros ? Que j'ai passé la nuit au Hilton ? Et que j'ai même fait un saut à Stockholm ?

Une lumière chaude reluit à travers les carreaux vitrés de la porte. Je pose la main sur la poignée, la serre un moment avant de la baisser et de tirer le vantail. Un arôme de velouté de légumes me souffle au visage. Mon père astique le sol en caleçon long. Il me regarde et s'écrie que je suis débile de marcher en petites tennis par un temps pareil.

5

La cour de l'école est animée de cris, de pas de course, de coups de pied dans des ballons. Une fillette va et vient sur la même balançoire que moi il y a bien des années. À côté du même sorbier. Et dans le ciel, il y a les mêmes nuages effilochés, le même bleu éclatant.

Je ne serai plus jamais un enfant. Je ne peux plus courir comme un enfant, attendre les grandes vacances comme un enfant, regarder dehors par la fenêtre de la classe comme un enfant. Je ralentis, en y songeant. Je suis en route vers quelque chose d'incontrôlable, de trop grand pour moi. Je ne sais pas comment l'approcher. Mon cœur est toujours à l'école primaire, appuyé au mur, sous le porche, terrorisé.

J'ouvre la porte de la réserve, où je slalome entre les rayons de biscuits et les aliments pour chiens afin de rejoindre le vestiaire. J'ai appelé le directeur du magasin avant-hier. J'avais besoin d'argent, de toute urgence, pour renflouer mon compte. Heureusement, j'ai eu tout de suite ce poste du vendredi.

Je commence par défaire les palettes de boissons. Ça fait du bien de taillader l'emballage et de contempler le plastique qui libère les cannettes. Ranger les sodas, les bières et les cidres dans l'armoire frigorifique, un par un, aplatir le carton et le jeter dans le conteneur à roulettes, observer au passage les ronds laissés par les cannettes au fond de l'emballage. Je veille à ce que les rangées soient bien alignées, étiquettes face aux clients. J'apporte ainsi ma contribution à l'effort national. Si quelqu'un vient de l'étranger, il se dira que les boissons sont joliment alignées, en Finlande.

Après une pause, je reviens à la caisse. Je souris aux gens et ils me rendent la pareille. Grâce à la chemise à carreaux du magasin, je suis plus à l'aise pour affronter les gens. J'ai la permission d'être ici. On a besoin de moi.

Je m'absorbe dans cette torpeur, dans ces séries de mouvements répétitifs, et je suis presque heureux. Jusqu'au moment où, en empoignant une bouteille de Corona sur le tapis roulant, je lève les yeux : c'est Matias. Avec Tino.

Je ne les avais pas revus depuis le collège, mais je les reconnais tout de suite. Leurs positions, leurs sourcils foncés, leurs regards qui pénètrent en moi, atrophiant mes bras et mes jambes.

« Tiens, Aaro ! » s'exclame Matias.

Sa voix a le même timbre, le même crépitement qu'autrefois.

« Quoi de neuf ? je lance sans quitter des yeux le terminal de caisse.

– Bah rien, on va fêter un peu le week-end. »

Le sang palpite à mes joues, me brûle le visage. Et s'ils me demandaient pardon ? S'ils me donnaient une explication ? J'ai vaguement l'idée de leur poser la question. *Pourquoi vous… ?*

« T'as fait l'armée ? m'interroge Tino.

– Non… »

Ils échangent des coups d'œil.

« Alors t'as fait le service civil ?

– Ça fait seize cinquante. »

J'enfonce les ongles des pouces dans la pulpe des index.

« Alors, tu l'as fait, oui ou non ? »

Sa voix devient plus dure. Le moment présent n'est pas protégé par le temps passé, par l'espace des années, par la croissance ou par l'âge adulte. Tout est comme avant, exactement comme dans le couloir de l'école. On dirait que l'atmosphère du couloir a été cryogénisée, et que la glace est maintenant en train de fondre.

« Ouais », je dis.

J'essaie de soutenir le regard de Tino. Ses yeux durs, brillants. Profondément enfoncés dans leurs orbites. Matias me tend un billet de vingt, roulé. L'autre tousse dans sa manche, faisant mine de camoufler son rire.

« L'armée, ça t'aurait fait du bien », décoche-t-il en glissant les bouteilles dans un sac plastique.

Ils s'en vont. Je regarde leurs dos qui se balancent ; Matias dit quelque chose à Tino et ils rient. Je les vois sortir par les portes coulissantes et disparaître au coin du bâtiment.

Dehors, derrière les portes, il y a quelques bouleaux. Je voudrais être là-bas, moi aussi, à l'extérieur, traverser le village jusqu'à la forêt puis fermer les yeux, respirer le bruissement des arbres et tendre les mains vers le ciel, les doigts écartés, sentir les nuages au bout de mes doigts et sourire, sautiller, courir comme dans mon enfance.

« Je peux ? »

Le client suivant m'interroge du regard avec son panier à la main, une miche en suspens au-dessus du tapis.

« Oui pardon. Je vous en prie. »

Mes mains tremblent et la miche glisse par terre. L'homme secoue la tête. En me penchant pour ramasser le pain, je remarque que toute la file me regarde de travers. Les gens ne sont plus bienveillants. Ils sont gênés. Méfiants. Déçus, hargneux, *comment il a pu être embauché ici celui-là, putain quel con*. Le type enfonce sa carte dans le terminal et, une fois la transaction accomplie, il me tourne le dos sans rien dire.

J'appelle un collègue avec la sonnette – ou plutôt, ma main appuie machinalement sur le bouton, et je reviens à moi quand Merja arrive avec son éternel front plissé. D'habitude, cette mimique me fait peur, mais cette fois ça m'est égal.

« Quoi ? demande-t-elle.

– Je dois m'absenter. »

Les sachets de bonbons et les couvertures brillantes des magazines défilent dans mon champ de vision tandis que je marche à grands pas vers la réserve. La porte se profile sur le mur du fond, tel le portail d'une terre promise. Une vague connaissance me salue de la tête au niveau des bacs à surgelés. J'ai peur qu'on m'abatte sans me laisser le temps de m'abriter. Ou qu'on éclate de rire. Deux options aussi graves l'une que l'autre.

Dans la réserve, je m'appuie à la palette d'aliments canins. Un chien illustre une boîte en carton. Vaillant, fourrure dorée. Je pense à ce que disait Iisa : « Ta vie aussi, elle est assez facile. » Je lui écris un message : « Ma vie n'est pas facile ! » Et un autre à la suite : « Mais je t'aime. »

Pourquoi accorder autant de pouvoir au passé, à deux connards ? Je pourrais aussi bien me dire : ils sont comme ils sont, je m'en fous ! Je suis moi, tu es toi, et je ne suis pas en ce monde pour exaucer tes vœux. Dans un manuel spirituel, il y avait un mantra dans ce goût-là. Je chuchote le mantra par deux fois, mais je me sens encore plus mal, car j'entends dans ma voix la peur exacerbée.

J'essaie de regagner le magasin mais, en apercevant la tête des clients et les longues files qui sinuent devant les caisses, je fais demi-tour. Je passe aux toilettes dans l'intention de me rincer les mains à l'eau froide. Ça pourrait m'aider. Hélas, je reste planté là, pris de panique, incapable d'ouvrir le robinet. Je regarde dans le miroir. Mon visage est étonnamment calme, comme toujours.

J'emprunte l'escalier vers le bureau du directeur. Je monte lentement, concentré sur chaque pas. Je remarque un chewing-gum écrasé sur la rampe.

La voix du patron résonne dans son bureau. Il parle au téléphone. J'attends à côté du chambranle, mon ombre vacille sur le battant de la porte ouverte. J'élabore des phrases, des intonations, des expressions corporelles. Je dessine des motifs sur le mur avec le doigt, prêt à m'échapper en courant si jamais la voix du directeur s'approchait.

Les chiffres changent sur l'horloge de mon portable, mais la communication n'en finit pas. Je recule dans l'escalier. J'attends sur le palier à mi-étage. J'appuie le front au mur. Il est agréablement frais.

Mon téléphone vibre ; au même moment, le silence se fait en haut. Je lis le message d'Iisa : « Qu'est-ce qui ne va pas ? » Je lâche le portable dans ma poche et remonte les marches. Je me frotte les yeux jusqu'à ce qu'ils soient rouges et larmoyants.

Mon ombre grandit sur la porte. Je bondis dans l'embrasure pour ne pas me laisser le temps de revenir en arrière.

Le chef toise son ordinateur d'un œil sévère, aquilin. Il clique vigoureusement sur la souris, à la manière d'une vieille dame qui joue au solitaire. Son dossier grince. J'avais déjà remarqué ce détail lors de l'entretien d'embauche.

Je frappe à la porte en craignant que le directeur sursaute, mais il se tourne tranquillement, comme s'il m'attendait.

« Oui, Aaro ? »

Je m'éclaircis la voix.

« Euh… Je suis dans une situation un peu ennuyeuse.

– Ah ? »

Étonnamment soucieux, le directeur s'appuie en avant et commence à se pincer la lèvre.

« Enfin, c'est juste que je me sens mal. Une gastro, je sais pas. Je devrais peut-être rentrer chez moi. »

Mes phrases sont plus brusques que je le souhaitais. Il va se mettre en colère, me crier quelque chose comme « bordel qu'est-ce t'as à venir chialer ici merde »…

« OK, dit-il. Eh bien, si c'est le cas, on va se débrouiller ici.

– Ouais, là, ça va vraiment pas fort… »

Ma voix se brise, mes lèvres tremblent, les larmes coulent à flots sur les joues. Je hoquette et pleure en boucle ; j'ai beau fermer les yeux, l'eau ruisselle sous les paupières. J'entends que le directeur se lève, je sens sa main sur mon épaule.

« Allons allons. C'est pas grave. »

Cette tendresse inattendue redouble mes pleurs. Je m'en fiche, je n'ai pas honte. J'ai dépassé une limite au-delà de laquelle la honte n'a plus d'importance. Le directeur serre mon épaule ; une fois que j'ai ravalé toute la morve, je dis :

« Pardon. »

Il sourit, désolé, les lèvres pincées.

« C'est pas grave. À la semaine prochaine. Ça ira mieux. »

Je hoche la tête. En redescendant l'escalier, les yeux toujours mouillés, je me dis que le monde est si bon que je n'ai pas le droit de me plaindre.

La neige a fondu sur le parking. Des nuages ondoient à la surface des flaques. En regardant d'assez près, je peux distinguer mon visage. Une tache floue, vacillante. Je chuchote à la tache : « Qui es-tu ? » Plus loin, un homme pousse son caddie vers le coffre de sa voiture. Il me regarde. Il ignore que je viens de pleurer dans le bureau du directeur. Il pense sûrement que je suis n'importe qui, que j'ai mes raisons d'être sur le parking et d'observer une flaque. Que j'attends un pote. Je pourrais briser cette membrane qui nous sépare : je n'aurais qu'à marcher vers lui et tout lui raconter, débobiner tous mes secrets. Aucune loi de la nature ne m'en empêche. Et de même, il pourrait tout me dire. Que dirait-il ? N'importe quoi. Il peut venir de n'importe où, fût-ce de la morgue ou de Forssa. À l'intérieur des gens, des gens normaux qui se promènent dans la rue, peuvent se tapir les choses les plus imprévisibles.

Je marche, sans bien savoir vers où mais je marche, c'est l'essentiel. J'écoute le vent qui souffle, je le respire, sa crudité, son apaisante impartialité. Je ne vais pas chez moi, je n'ai pas envie d'affronter la figure hébétée de mon père, ou d'élaborer des réponses à ses questions. « Comment ça se fait que tu sois déjà de retour ?... »

La cour de l'école est déjà vide. Je franchis le portail en bois. Je pourrais m'asseoir sur la balançoire ou sur les jeux de grimpe, écouter Coldplay et échanger des messages avec Iisa pendant une heure ou deux puis rentrer à la maison. Je me pose sur le siège suspendu à côté du sorbier, mais le froid me pique les mains et l'immobilité m'oppresse la poitrine. Le sable gris s'étend comme un désert fantomatique. Les cages de foot n'ont pas bougé depuis quinze ans. Leurs filets sont troués.

Je me dirige vers l'entrée principale. Une lumière luit derrière la vitre. La main sur la poignée, je me prépare à buter sur le verrou. Contre toute attente, la porte s'ouvre. Une salle vibre sous la musique d'un cours de zumba. J'avance dans l'obscurité du couloir, en tirant le doigt le long du mur rugueux comme je le faisais dans mon enfance, lorsque je retournais en classe après la cantine. Le couloir est plus étroit et plus court que dans mes souvenirs. Le plafond est bas, presque au ras de ma tête.

Ma vieille salle de classe est au bout du couloir. La porte. Blanche, lisse. Muette. Aveugle. Au portemanteau, de nouveaux noms : Leo, Sakari, Olivia, Helmi... Au-dessus des patères, il y a une rangée de lapins de Pâques dessinés par les enfants. Me voici face à vingt lapins souriants qui plantent leurs yeux sur moi. Je pose ma main à plat contre la porte. Elle est fraîche. Je chuchote : « Paix. » Je ne sais pas pourquoi. C'est ce qui m'est venu à l'esprit.

2009

La mine de mon crayon suit le contour du Japon. Le Japon, ça doit être un endroit chouette. C'est loin, et il y a de grandes villes. Tokyo, par exemple, la plus grande ville du monde. À Tokyo, il y a plus de dix millions d'habitants. Une mer de gratte-ciel, une infinité de carrés orangés découpés sur le ciel nocturne, des enseignes lumineuses étincelantes, des carrefours où une multitude de vies se frôlent, se mêlent en effervescence, en ce moment même. C'est un endroit pour moi, oui, un endroit où je pourrais me fondre dans une masse sans visage et ne plus être moi.

Je lève le regard vers la fenêtre. Le chat des voisins se promène sur le parking. Je contemple son pas souple, duveteux, jusqu'à ce qu'il disparaisse derrière le carport. Je me repenche sur mon sous-main.

Je parcours maintenant les métropoles du monde, posant la pointe sur les ronds rouges. Séoul, Pékin, Bombay, Delhi, Londres… Au niveau de Mexico, la sonnette retentit, ding dong. Le ding est resté suspendu dans l'air légèrement plus longtemps, on entend que le doigt tient le bouton à fond et hésite avant de le relâcher, puis le dong tinte comme un glas. Irrévocable.

Mon père va ouvrir. Je ne distingue pas les mots, mais je reconnais la voix de Matias à travers la porte de ma chambre. En guettant par la fenêtre, je vois Tino et Daniel appuyés à leurs guidons. Ils me fixent.

La poignée tourne en grinçant. Au lieu de me détourner, je continue de les observer. J'enfonce la pointe du crayon dans mon pouce.

« Il y a des copains à toi.

– OK », je réponds, comme si je ne le savais pas.

Je me lève lentement, feignant de chercher un polycopié, espérant que mon père s'éclipsera dans le séjour. Mais non, il est là, dans son tricot en laine, ahuri. Je vais dans l'entrée, le lino craque et pique sous les chaussettes.

« Tu peux sortir un petit moment ? » demande Matias.

Je déglutis pour composer une voix calme et posée.

« Non, ça tombe mal. Beaucoup de devoirs.

– Bah non, on n'a pas de devoirs à faire.

– Mais… »

Je me tourne vers mon père. Il hoche la tête avec enthousiasme.

« Vas-y, voyons ! »

Sa voix dénote un certain soulagement, une joie émue. Enfin des copains, ils viennent bel et bien le réclamer jusque sur le pas de la porte !

« Bon, un petit moment, alors. »

Je décroche mon coupe-vent du portemanteau et m'accroupis pour lacer mes baskets. Les nœuds me prennent beaucoup de temps.

L'air semble chaud après l'hiver, et les bouleaux portent déjà des bourgeons délicats. Les vélos couinent. J'ai un

Helkama récupéré à la cave : sept vitesses et un cadre droit, piètre spectacle à côté de leurs bombes de VTT.

« Où on va ? je crie dans la descente.

– N'importe où ! » répond Tino.

Nous faisons le tour du village. Du sable scintille sur l'asphalte. Ils s'arrêtent au magasin pour acheter un sachet de chips et une grande bouteille de soda. J'attends sur le seuil. Je songe à partir, à m'échapper à vélo. Mais quelque chose m'en empêche, j'ai une lueur d'espoir. Peut-être que tout ira bien, cette fois.

Nous nous rendons dans la cour de l'école. Ils renversent leurs vélos sur le sable et s'assoient sur les balançoires. La bouteille de soda fait pschitt. Je reste sur ma selle, dans l'expectative.

« Pourquoi vous m'avez demandé de sortir ?

– Comme ça, répond Matias. Ça te fait pas de mal de prendre un peu l'air. »

Tino glousse. Daniel ouvre le sachet de chips.

« Il avait un pull sympa, ton père », lance-t-il.

Je ne sais pas quoi dire. Je tripote les poignées en caoutchouc du guidon.

« Il veut des chips, Aaro ? » demande Daniel.

Je descends de mon vélo et le cale contre un sorbier. Je tends la main vers le sachet, mais Daniel le referme aussi sec.

« Hop-hop-hop, assieds-toi sur la balançoire, mon cher. »

Je m'assieds à côté de lui. Il me présente de nouveau le sachet de chips. Je tends la main et, juste quand je suis sur le point d'en saisir une, il arrache le sachet.

« Désolé, j'oubliais. Tu dois dire de qui t'es amoureux.

– De personne.

– Arrête. Il doit bien y avoir une nana pour toi. »

Tino n'arrive pas à se retenir, il manque de s'étouffer avec sa morve.

« Alors, c'est qui ta meuf ? insiste Daniel.

– Dis pas que t'es pédé, fait Matias. Encore que ça m'étonnerait pas de toi.

– Allez, balance la meuf. »

Je serre les mains entre les genoux.

« Ben, Emma elle est pas mal », j'avoue.

Ils se taisent, se regardent un moment, puis explosent d'un rire tonitruant.

« Désolé mais pas avec cette gueule, s'exclame Daniel à travers sa toux.

– Mais prends une chips quand même. »

Il tend le sachet, le secoue devant moi.

– Prends prends. »

Je lève la main et Daniel réitère son geste provocateur. Cette fois, je me lève d'un bond et m'empare brusquement du sachet : le fond se déchire et les chips s'éparpillent sur le sable. Je jette l'emballage par terre et j'enfourche mon vélo.

« Putain, qu'est-ce que t'as fait ? » crie Tino.

Il bondit sur moi et agrippe ma main, mais je me dégage et pars en courant. Les deux garçons montent en selle et me poursuivent, j'entends approcher le cliquetis des pignons, je cours, j'écoute mon souffle haletant, ma poitrine pique et j'essaie d'éviter Matias qui braque soudain devant moi, mais Daniel surgit de l'autre côté, ils m'attrapent par les bras et me plaquent contre le mur de l'école ; je ne me débats même pas, je sens les briques froides sous mes mains et la respiration des garçons sur mon visage, chaude et agressive, tandis qu'ils me tiennent, m'écrasent contre le mur de tout leur poids. Des bruits d'éveil musical sortent de la fenêtre voisine, on y entonne une chanson. Je ne distingue pas les paroles. Tino nous rejoint : il prend son élan et me donne un coup dans le ventre qui me fait suffoquer ; hors d'haleine, je me dis que c'est ce qu'on éprouve lorsqu'on se noie, puis un grincement s'échappe enfin de ma gorge et l'air regagne mes poumons. Matias me fait un croche-patte, ramasse une poignée de cailloux et les introduit dans le col de ma veste.

« Pouah, bordel, je veux même pas te toucher, dit Daniel.

– Regarde-toi maintenant, dit Tino. Pouah, merde. »

Ils récupèrent leurs vélos et s'éloignent. À terre, je reprends mon souffle. Les nuages glissent comme si le ciel était liquide. À présent, je reconnais la chanson : « Pourquoi rit le Vent du Sud-Ouest ? Il rit si quelqu'un est heureux, il rit quand on trouve un copain, qu'on soit dragon ou bien humain… »

Je me lève avant qu'on ne vienne me demander ce que je fais couché là. Je secoue ma veste pour en extraire les cailloux. Je vais récupérer mon vélo au pied du sorbier et pars derrière l'école, vers la forêt ; là, je mets pied à terre et lance des pommes de pin aussi loin que je peux, jusqu'à sentir des gouttes chaudes dégouliner sur mes joues, et je tombe alors à genoux parmi les brindilles, les aiguilles et les morceaux d'écorce.

En arrivant à la maison, je me lave les mains.

« Vous vous êtes bien amusés ? » demande mon père derrière la porte.

Je me frotte lentement les mains l'une contre l'autre, humant le parfum du savon Honey Milk. Je regarde l'acier brillant du robinet puis lève les yeux vers le miroir. Visage rouge, en sueur. *Regarde-toi maintenant.*

« Oui », je dis.

6

Je reprends le couloir en sens inverse. Je marche vite, comme si je craignais de me faire attraper. Les basses continuent de pulser dans la salle de gym. J'entends le cri perçant de l'instructeur : « Et maintenant, on se détend ! »

Je pousse les portes vitrées. Silence frais de la cour. Le sable crisse sous mes tennis. Je ne sais pas où aller. Encore une heure et demie à tuer. J'opte pour le bar – le seul du village. En chemin, cependant, je remarque une pharmacie, et il me vient à l'idée que mon ordonnance de benzo pourrait être encore valide. Je m'en suis passé depuis Noël, surtout grâce à Iisa. Je veux être normal pour elle, fort, je veux être celui qui la délivre des ténèbres.

Mais je sais qu'on ne peut délivrer personne de cette façon. Mieux : délivrer, c'est la conséquence de l'amour, pas sa finalité. Un truc comme ça. Peu importe. En tout cas, tant qu'Iisa est en Suède, je peux plonger dans mes propres ténèbres.

Dans la pharmacie, ça sent le gel hydroalcoolique. Une femme en blouse blanche sourit derrière le guichet. Elle habitait dans notre lotissement, autrefois. Je la salue de la tête, me promène dans les rayons avec une tranquillité respectable, fais mine de m'intéresser aux crèmes hydratantes. Je veux prouver que je suis un honnête citoyen et que mes affaires sont des plus ordinaires.

Au bout d'un temps approprié, je me dirige vers le comptoir.

« Il devrait y avoir là-dessus une ordonnance d'Oxamin », je déclare en articulant soigneusement et en tendant ma carte de sécu.

La femme clique avec la souris.

« C'est exact », confirme-t-elle.

Je tâche de contrôler mon sourire.

Je vais au bar avec les mains dans les poches du manteau. Les coins de la boîte de médicaments s'enfoncent dans le creux de ma main gauche.

J'ouvre la porte. Les mecs tournent vers moi leurs figures boursouflées – tous des habitués du supermarché. Un match de hockey sur glace passe à la télé. La musique est *Knockin' On Heaven's Door.*

Je commande la bière la plus chère. Tant qu'à faire une bêtise, qui plus est dans une porcherie pareille, autant prendre une boisson de qualité. C'est une question d'harmonie. Je ne vais quand même pas avaler les benzos avec la bibine à la pression.

Je slalome jusqu'à l'obscurité d'une table d'angle où, à l'abri des regards, j'éjecte quatre pilules dans la main et les avale avec une gorgée de bière. Pianotant au rythme de Bob Dylan, je regarde la porte : j'aimerais bien voir entrer Matias et Tino. Je leur dirais d'aller se faire foutre. J'aurais dû le dire tout à l'heure, à la caisse. Mais non.

Et même s'ils entraient maintenant, je n'en ferais rien. Je ne le sais que trop bien. Et comme je suis incapable de le dire, je dois me défoncer. C'est ma façon d'envoyer tout le monde se faire foutre. Ma façon de montrer que je m'en tape. On ne peut pas me faire de mal, puisque je m'en charge moi-même. Faites pleuvoir les coups de poing de pied les insultes putain faites n'importe quoi ça ne me touche pas je me fais encore plus de mal tout seul.

Je prends un cinquième comprimé. Ce sera le dernier, je me le promets. Je m'appuie en arrière, glisse sur le dossier de la banquette. L'insensibilité se répand de la tête à la colonne vertébrale puis à tout le corps, et je me dis *merveilleux merveilleux merveilleux*. Je finis la bière et m'oublie, regard fixe droit devant moi, je ne sais pas combien de temps, mais finalement je me lève, sors en titubant, vais dans la forêt, où je croque trois comprimés. Il me faut un temps terriblement long pour avaler la poudre amère. Je prends le sentier jusqu'à la rivière et m'arrête sur la berge. L'eau bouge lentement, hypnotique. Les bruits du trafic sur le pont sont tamisés, inoffensifs. Le tranchant de la réalité est émoussé. Je jette des cailloux dans le flot, je les imagine s'enfoncer dans le noir et toucher la vase au fond. J'imagine que les cailloux sont des tortionnaires. Des voleurs et des exploiteurs. Des meurtriers et des dictateurs.

Je marche dans la forêt, de long en large ; à un moment donné, le portable se met à vibrer dans ma poche, mais ça m'est égal. Je m'arrête pour contempler les cimes des arbres, longuement, parce que je me rappelle que la cime d'un arbre est difficile à dessiner. À présent, il me semble important d'en définir la forme avec précision. Même si je ne la dessinerai jamais.

2009

Je flotte, vole vers le but. Quarante mètres, quarante mètres de piste vide, incandescente. Cris de la maîtresse, halètements dans ma tête. C'est là que s'achève l'école primaire, dans ces épreuves sportives. Derrière le terrain scintille le prestigieux bâtiment du collège. Nouvelles classes. Nouvelles chances. Cette fois, je vais gagner. Le championnat scolaire de 600 mètres. Plus que vingt. Les lignes blanches, les numéros des couloirs devant la ligne d'arrivée. Je plonge, fais quelques pas chancelants, m'affale sur la piste. L'âcre odeur du tartan me pique le nez. À bout de souffle, je sens un goût de sang sur le palais. Sur le bord du terrain, les garçons regardent. Ils ne disent rien.

Quelques jours plus tard, nous nous tenons sur l'estrade du gymnase. Le principal accompagne le Cantique de l'Été, les parents alignés sourient sur leurs sièges. La salle paraît grande et solennelle maintenant qu'elle est pleine d'adultes, je n'arrive pas à croire que c'est la même où on jouait au floorball et au ballon prisonnier. Les appareils photo crépitent, il y a même une caméra vidéo. Je me tiens sur le côté de la scène, à côté de Matias, dont je perçois le nouveau déodorant. Ça sent l'adolescent, le collège. J'ai une chemise blanche, je la regarde de temps en temps et la tire vers le bas. La maîtresse remet à chacun une rose et un certificat. C'est bientôt mon tour. Je m'essuie les mains au pantalon.

Après la cérémonie, nous allons sur le parking. Le sable forme des bouffées de nuages légers, le ciel est d'un bleu éclatant, le soleil flamboie de toute sa lumière régénérée. Les criquets stridulent, et Alisa sautille à côté de moi. Mes parents se donnent la main. Un calme de début d'été flotte dans l'air, comme c'est le cas lorsque les devoirs sont remplis et qu'on peut compter sur des choses agréables à venir, sans ressentir la moindre hâte, pour autant, à s'y livrer.

Quand nous arrivons à la voiture et posons nos mains sur les poignées, mon père demande : « Pourquoi tu étais tellement timide, sur la scène ? »

Je jette un coup d'œil à ma mère. Elle esquisse un sourire qui ressemble à un chuchotement : « Ne t'inquiète pas. »

Comme je ne sais pas quoi dire, mon père poursuit : « Tu aurais pu te tenir droit. »

Je me recroqueville sur la banquette arrière à côté d'Alisa. Puis je me plonge dans la contemplation de mon certificat, pour que personne ne remarque l'éternel éclat de terreur dans mes yeux.

7

Un pincement sur le dos de la main. En ouvrant les yeux, je vois une aiguille plantée sous ma peau, reliée à un tuyau. Des bips réguliers au-dessus de ma tête. Mouvements informes, bruits de pas, tumulte, bourdonnement, mots indistincts. Les voix fusent autour de moi, je n'y comprends rien. L'impression de vouloir remplir un verre à une cascade. Je ferme les yeux. C'est mon seul espoir.

Silence et ténèbres. Aucune douleur. Peut-être que je suis dans l'espace. Ou mort. Au fond de l'océan. Est-ce la même chose ? Mes pensées s'allument et s'éteignent comme des étoiles filantes. Ça continue jusqu'à ce qu'on me palpe le poignet avant de le reposer, sur le lit, aussi dur que le tapis de gym à l'école primaire.

Une ombre se tient à côté de moi, je ne distingue pas son visage, mais je sais qu'elle me regarde.

« Vos parents aimeraient vous rendre visite, vous voulez bien ? »

Je perçois la question plus que je ne l'entends. L'ombre se penche au-dessus de moi, m'essuie la bouche avec un objet humide.

« Oui d'accord. »

Je sursaute en entendant mes paroles : elles prouvent que j'existe vraiment.

L'ombre se retire, et je referme les yeux. Mais je ne retourne pas dans l'espace. J'écoute les bips au-dessus de ma tête, je vois les câbles qui se croisent sur ma poitrine et les sparadraps sur ma peau.

Mes parents apparaissent derrière le paravent et viennent s'asseoir au bord du lit. Eux non plus, je ne distingue pas leurs visages, mais leurs gestes et leurs postures expriment du chagrin, du désespoir, et le vide se répand dans mon ventre. C'est ma première sensation nette depuis longtemps.

« Qu'est-ce qui s'est passé ? je chuchote. Où je suis ?

– Aux urgences, dit ma mère. Tu étais un peu mal en point, en arrivant à la maison. »

Sa voix est lointaine, sous l'eau. Elle me prend la main, referme ses paumes sur mon poignet. Debout, mon père observe. Des flashes brumeux me reviennent : la forêt, la cime du bouleau. La rivière noire. Je crapahute vers la route, trébuche, m'étale dans le fossé. Une voiture s'arrête, la portière s'ouvre. Quelqu'un crie. Ai-je répondu ? Suis-je retourné dans le bar ? Ai-je repris des pilules ? Comment suis-je rentré chez moi ? Les questions se bousculent. Je ne veux pas entendre les réponses. Je regarde le plafond gris, les canalisations qui zigzaguent.

« Vous m'en voulez ? je demande.

– Non, répond ma mère.

– Et papa ? »

Je me tourne vers sa silhouette noire.

« Pas du tout », il dit.

J'avale ma salive. Je sens l'écho des déglutitions dans mon corps. Je suis creux.

« Iisa est au courant ?

– Elle nous a appelés, dit ma mère.

– Elle m'en voulait ?

– Non, non. Elle était soucieuse. »

L'ombre reparaît pour annoncer que mes parents vont devoir partir. Mon père obéit, ma mère reste assise.

« Je vais mieux, je dis à l'ombre. Je veux rentrer chez moi.

– On ne peut pas encore vous renvoyer chez vous. »

L'ombre enroule le manomètre autour de mon bras. Le mécanisme se met à vibrer. Ma mère se lève.

« On t'aime, dit-elle. Tout le monde t'aime. »

Je guette l'infirmière, ses lèvres tendues, son regard sévère posé sur les chiffres de l'appareil. Il me vient l'idée fugitive qu'il serait temps de serrer les paupières, de retenir mon souffle, d'enfoncer les ongles dans la pulpe des index. Je devrais avoir honte, car on ne devrait pas m'aimer. Pourtant, alité aux urgences, encordé de tuyaux et de câbles, je n'ai pas honte. À la place, une vague chaude se soulève en moi, une vague de bonheur, et ça me fait du bien que l'infirmière ait entendu les paroles de ma mère. Peut-être la dose de médicament était-elle si forte que ma vieille honte toute-puissante ne s'est pas encore réveillée. Ou peut-être suis-je en fait au fond du gouffre, si bas que je me crois digne d'être aimé. Je ne devrais pas être ici, sur ce lit, sous ces tubes. Je le sais, et les paroles de ma mère le prouvent.

Lorsque mes parents sortent, je voudrais retourner dans l'espace. Mais mon esprit bourdonne, et le bruit s'approche, se renforce. Le repentir me brûle le bout des doigts, il se répand dans mes bras comme un feu de forêt. J'ai l'impression d'avoir dynamité quelque chose. D'avoir détruit le monde entier. Je voudrais crier pardon, je voudrais tout réparer, montrer combien je regrette. Mais je ne peux que rester couché sur ce lit, fixer le plafond et tâcher de fermer les yeux. J'imagine que c'est un cauchemar. Ou plutôt, non, j'en suis certain. Je le sais : lorsque j'ouvrirai les yeux, je me réveillerai sur le matelas, sur le sol du séjour. Ou à côté d'Iisa.

Mais en rouvrant soudain les yeux, je ne vois que ce même plafond gris.

J'oscille aux confins du rêve jusqu'à ce que les néons s'allument et qu'un papi toussant derrière le paravent se plaigne de douleurs cervicales. J'éprouve le même soulagement qu'en classe verte, le matin, quand je pouvais enfin sortir de la tente givrée et remballer mon sac de couchage. L'euphorie bouillonne dans ma poitrine, et le Sauveur proclame : *C'est enfin terminé.*

Une nouvelle infirmière vient s'affairer à mon chevet pour décoller les sparadraps sur ma poitrine. Elle me propose un petit déjeuner. Elle est blonde et si belle que je passe instinctivement la main dans mes cheveux. J'ai le sentiment de ne pas avoir droit à un petit déjeuner. Je demande tout de même un yaourt et une banane. Elle acquiesce et annonce que le psychiatre me recevra dans une heure. Je pince les lèvres et dis « OK », le front plissé. J'essaie de donner l'impression que je maîtrise la situation.

« Vous savez comment y aller ? demande l'infirmière.

– Ouais », je réponds alors que je n'en ai pas la moindre idée.

Je fais un effort pour m'asseoir. Le genou gauche du chino est déchiré. Le tissu est couvert de boue séchée au niveau des cuisses, une poudre brune tombe par terre à côté de mes chaussures. À côté du lit, un sachet minigrip brille sur une chaise. Il porte mon nom de famille en lettres bâtons, griffonnées au feutre noir. À l'intérieur, j'aperçois un blister avec quatre bulles intactes. Je ramasse le sachet et sors dans le couloir avec le goutte-à-goutte. Seul un bébé qui fait ses premiers pas peut s'émerveiller ainsi de se voir capable de marcher.

Aux toilettes, je m'arrête devant la glace. Je sursaute en remarquant les taches sombres autour de la bouche et sur le col de la chemise. Une morve noire me coule du nez. Je ne me rappelle pas avoir pris du charbon. Comment me l'a-t-on administré ? Je l'ai bu ? Quelle quantité ? Je regarde mon nom sur le sachet minigrip. Je le jette dans la poubelle vide à côté du lavabo. Je me lave le visage et les mains, puis recouvre le sachet de serviettes en papier mouillées jusqu'à ce qu'il soit complètement enseveli.

Je retourne au lit. La blonde arrive avec une banane tachetée et un yaourt aux fruits des bois.

« Votre père attend dans le couloir. Vous pouvez partir quand vous le sentez. Toutes les mesures sont normales. »

Je remercie et compose un sourire.

« Ça n'aurait pas dû se passer comme ça ! je m'exclame. Je suis désolé que ça se soit passé comme ça. »

J'ai le sentiment de pouvoir dire n'importe quoi. Ma situation semble justifier tout ce que je dis.

L'infirmière sourit.

« Ça ne se passe pas toujours comme ça devrait, confirme-t-elle. L'hôpital est là pour ça.

Sa queue-de-cheval blonde se balance tandis qu'elle passe derrière le paravent. Je regarde le pot de yaourt, couché à côté de la banane sur ma poitrine. Tout à coup, je me sens affreusement mal. La nausée me secoue la gorge, des lames de rasoir m'entaillent les tempes. Et le pire est à venir.

8

Le vomi déborde du sac en papier que le psychiatre m'a tendu par-dessus la table. Le liquide jaune bilieux est parsemé de morceaux non digérés. Leur vue me soulève le cœur comme dans mon enfance. Le médecin m'observe en se mordant la lèvre, les yeux légèrement plissés. Comme un objet auquel on ne trouve pas d'utilité pratique.

« C'était donc un accident ? demande-t-il pour tâter le terrain, ranimant la conversation interrompue par mon vomissement.

– Oui, je réponds en essayant de paraître aussi agréable et coopératif que possible. »

Il regarde son écran pour y reprendre des forces.

« Pourquoi cela s'est-il produit, alors ? Précisément hier ? »

Je ravale une nouvelle vague de nausée, me racle la gorge, marmonne « eh bien, en fait », puis je parle enfin des garçons à la caisse du magasin, des années de solitude et de secret, et de ce qui s'est passé dans mon enfance. Ça fait du bien, de parler. Je dois presque me retenir de rire lorsque j'arrive aux expériences de torture. J'ai enfin une raison pour ma déconnade, je ne suis plus un fou dangereux mais une victime qui se confie. Cependant, une voix off commence à s'exprimer dans ma tête, celle du commentateur, l'incontournable commentateur : *Et voici Aaro, formé à l'école de la vie, qui parle de ses chagrins. Bouh comme tu te plains, Aaro. Aaro le rapporteur. Le pleurnicheur. Achète-toi une vie.*

Mais sa voix n'est plus la même. Elle n'a plus son autorité suprême, elle ne résonne pas au-dessus de tout. Non, elle chevrote. Comme si elle avait peur de ne plus être écoutée. Comme si elle pressentait sa défaite. Ce changement est-il définitif ? Ou seulement lié au milieu hospitalier, au fait que je suis actuellement un patient en psychiatrie et que j'ai par conséquent la permission d'être aussi bizarre que je veux ?

« Je vous rédige une lettre pour la polyclinique de Jyväskylä, me dit le médecin. Vous devriez absolument entreprendre une psychothérapie. »

Je hoche la tête aussi tristement que je peux, pour montrer que j'ai besoin de soins, en effet, sans le moindre doute. Au même moment, je sens une nouvelle pression qui me pique la gorge, si bien que je me précipite dans le couloir sans explications. J'ouvre la porte à la volée, vois mon père assis jambes croisées avec un magazine fermé sur les genoux, il sursaute et se tourne vers moi. Je traverse en courant la salle d'attente, déserte à part un téléviseur vieillot où un cavalier coiffé d'un stetson est en train de traverser une prairie rougeoyante. J'entends toujours les violons du western dans les toilettes, tandis que je m'agenouille sur le carrelage en forme de nid d'abeilles et soulève l'abattant. L'évacuation achevée, je m'appuie au mur froid, les larmes aux yeux.

Je pousse prudemment la porte des toilettes, comme si quelqu'un risquait de surgir derrière et de me casser la gueule. En m'apercevant, mon père replie son magazine, roule sa veste dans les bras et se lève. Il marche lentement, à pas lourds. On dirait un légionnaire revenant d'une terrible défaite. Le générique de fin défile à la télé, et les violons redoublent d'énergie. Je ne sais pas quoi lui dire, je ne sais pas quels mots seraient à la hauteur, en l'occurrence. Soudain, il me semble impossible de sortir et de mener une vie normale. Nous échangeons un hochement de tête, un semblant de sourire, et nous descendons sans rien dire vers le hall, ce même hall où j'étais venu chercher Sanna autrefois. Derrière une paroi vitrée, des patients se penchent sur leur plateau, ils mangent leur bouillie si lentement qu'on croirait leurs cuillères figées en l'air. Un homme en blouse blanche monte la garde à l'entrée du réfectoire, les mains sur les hanches, prêt à maîtriser un fou ou deux.

Comme la nausée se remet à m'élancer, je m'affaisse sur un canapé devant la porte d'entrée. Je m'allonge sur le dos, et tant pis si l'homme en blouse blanche me surveille du coin de l'œil. Mon père s'assied à mes pieds et me regarde, désemparé. Nous respirons, nous existons. C'est tout ce dont nous sommes capables. Des patients sortent du réfectoire, un à la fois, ils s'agglutinent près du type en blouse blanche, puis le troupeau finit par disparaître dans l'ombre du couloir. Le ronronnement solitaire de la ventilation remplit l'espace.

« Ta mère a dû aller au boulot, dit soudain mon père. Mais elle te souhaite beaucoup de courage. »

Les larmes jaillissent de plus belle, je ne sais pas pourquoi, c'est comme ça. Décidément, il m'arrive toutes sortes de choses étranges.

« Merci », je murmure en serrant les paupières.

Un nouveau silence se pose, qui dure plusieurs soupirs, jusqu'à ce que je le rompe : « Alors vous avez appelé les secours ? »

Mon père acquiesce. Je serre les paupières encore plus fort et retiens mon souffle pendant qu'une tempête de honte se déchaîne en moi.

Mon père s'éclaircit la voix : « Hier, en rentrant à la maison, tu n'arrêtais pas de dire que tout était de ta faute. Et tu répétais “au secours au secours”. Tu veux bien me dire ce que ça signifiait ? Que s'est-il passé ? »

Je m'empresse de passer en revue diverses explications et autres prétextes, mais je me rends compte très vite que ça ne va plus. C'est l'heure de la vérité. L'heure après les mensonges. D'ailleurs, au point où on en est, la vérité n'a plus l'air aussi grave. Les événements des dernières vingt-quatre heures ont aboli les distances, démoli la muraille qui se dressait entre nous.

« J'ai vu des types, hier… ceux qui me persécutaient à l'école. Alors j'ai voulu neutraliser ça, quoi. Je suis allé à la pharmacie et j'ai racheté les médicaments que j'avais eus l'été dernier. »

Je marque une pause et guette l'expression de mon père. Il est penché en avant, la bouche entrouverte.

« Mais c'était un accident, j'enchaîne rapidement. Ça ne devait pas se passer comme ça.

– Tu étais persécuté à l'école ?

– Ouais. »

C'est fou comme c'est facile, finalement. Il suffit de le dire.

« Mais je t'ai posé la question si souvent… Assis au bord de ton lit, j'insistais. Et tu niais à chaque fois.

– Oui. J'avais honte. J'étais bête.

– Ça a duré longtemps ?

– Tout le primaire, en fait.

– Et au collège ?

– Bah, après ils avaient moins le temps, avec les mobylettes et tout. Mais au collège aussi, oui. »

Mon père regarde par terre, secoue la tête. La culpabilité commence à m'étrangler. Je me rends compte que mes secrets et mensonges ont fait du mal à d'autres que moi. Je remettais le problème à plus tard et, ce faisant, je le laissais croître. Chaque année vécue dans le mensonge a alourdi un fardeau qui retombe à présent sur les épaules de tous.

« Pardon de pas avoir raconté.

– C'était physique ?

– Oui. »

Je décide de ne plus mentir du tout.

« C'était un peu de tout.

– Qui étaient-ils ?

– Ça n'a plus d'importance, maintenant.

– Dis-le.

– Je veux pas. »

Nouveau regard par terre, soupir, tête secouée.

« C'est vraiment étrange, comme on peut vivre dans une même famille et pourtant dans une tout autre réalité, dit mon père.

– J'essayais juste de m'en sortir. De passer au moment suivant, au lendemain. Ça me semblait plus facile en me taisant.

– Oui. Je comprends…

– Je voulais pas de traitement spécial. Je voulais pas être persécuté. Je voulais juste être moi. »

Mon père lève les yeux sur moi. Il prend son souffle comme pour parler, mais referme la bouche et rebaisse la tête. Je me contorsionne pour m'asseoir, ma vue s'obscurcit et des étoiles scintillent sous les paupières avant que la sensation se dissipe.

« On y va ? » je demande.

Les portes électriques s'écartent, et la vive bise printanière me frappe au visage. Les égouts clapotent. Un oiseau gazouille. La Toyota resplendit sur le côté du parking, à la lisière de la forêt. En m'asseyant à la place du passager, j'ai l'impression d'être un chevalier qui enfourche sa monture après une blessure grave mais non mortelle. Mon père démarre, et nous roulons longtemps sans rien dire. C'est fou comme la société a continué ses activités en toute simplicité malgré ma déconnade. Les voitures s'arrêtent au feu rouge, les bâtiments tiennent debout et les pubs s'enchaînent sur les ondes.

Après plusieurs kilomètres, mon père éteint la radio. Le crissement gris des pneus est merveilleusement apaisant.

« En fait, moi aussi j'ai été intimidé par des gens… commence mon père. Moi aussi, apparemment, j'ai été intimidé par des fumiers. Je peux voir arriver je ne sais quels provocateurs aussi agressifs qu'imbéciles, contents d'eux, et alors ils me font peur. Dorénavant, je vais tâcher de ne plus avoir peur. »

Je regarde les lignes blanches sur la route. Elles plongent sous la voiture comme des javelots. Le ciel brille, clair, dégagé.

« Promettons-nous de ne plus avoir peur, je propose.

– Ouais, répond mon père. Marché conclu. »

Dans notre jardin, je m'assieds sur la grille du seuil et je sélectionne un numéro. Le téléphone sonne trois fois avant qu'Iisa réponde. Je dis tout de suite :

« Pardon. »

Je n'entends plus rien, à part le bruit de la ligne, et j'ai peur qu'elle raccroche. Mais elle finit par parler :

« Tu pourrais m'expliquer ce qui s'est passé, au juste ?

– Oui, je te raconterai tout. Mais ça va prendre du temps.

– Tu ne dois plus jamais faire une chose pareille.

– Je le ferai plus. »

Nouveau silence. Je retiens mon souffle.

« Comment tu peux savoir ? »

La voix d'Iisa chevrote, oscillant au bord du sanglot.

« Je le sais. C'est fini.

– Qu'est-ce qui est fini ? »

Cette fois, c'est mon tour de me taire. Je ne sais pas très bien ce que j'ai voulu dire. Je reprends :

« Enfin… Le pire. »

J'écoute si Iisa pleure. Non.

Je m'aime.

Je ne dis pas cela à Iisa. Je ne le dis à personne, d'ailleurs, pas même à moi. Je goûte seulement la sensation procurée par ces mots.

AOÛT

Nous nous engageons sur la route de terre battue, puis faisons une pause pour boire les dernières gouttes de nos bouteilles d'eau. Nous nous appuyons aux guidons, essoufflés.

« Ça sent exactement les étés de l'enfance », dit Iisa.

Je renifle. L'air sent les feuilles de bouleau, le sable, la terre humide. Je confirme : « C'est vrai. »

Les criquets stridulent. Des campanules dodelinent au bord de la route. Je me souviens de cette fleur violette qui figurait dans mon herbier au collège. Pour conserver la couleur des pétales, il fallait les saupoudrer de sel.

Nous pédalons plus lentement en écoutant le bruit de la terre battue. Après quelques buttes, nous arrivons à un vieux chalet en rondins. La mamie d'Iisa se tient sur la terrasse.

« Je comprends pas bien qu'on vienne à bicyclette depuis Lahti, s'exclame la mamie.

– Tout s'est très bien passé, répond Iisa en riant avant de déclipser la boucle de son casque. »

Nous rangeons les vélos contre le mur.

« Venez, Maija a préparé du sandre », dit la mamie en nous dirigeant vers la porte.

Dans la cabane, ça sent le poisson, la friture, la campagne. Le plafond est affaissé et le sol grince sous les tapis. Par la fenêtre, un lac transparaît derrière les bouleaux et les pommiers. De facture ancienne, la vitre fait ondoyer le paysage.

Nous dégustons le poisson puis, en dessert, nous avons droit à de la tarte à la rhubarbe. Il y a un an, j'attendais les résultats des examens d'entrée. Cela fait longtemps. J'étais un autre. C'est un peu triste, dans un sens, parce que cela signifie que l'instant présent semblera lointain, lui aussi, dans l'avenir. Et que, dans un an, je serai peut-être encore un autre.

Mais je ne connais pas l'avenir, et je ne veux pas le connaître.

Nous rapportons les assiettes sur l'évier et rinçons les taches de sauce vanillée. Puis nous sortons. L'herbe brille, fraîche. Des constructions rouges ploient de-ci de-là, il y a un sauna, un atelier, un petit coin et une remise. Des groseilliers se ramifient contre le mur du chalet.

« Assez idyllique », je commente.

Je me sens un peu mélancolique, comme souvent en été, lorsque les mondes intérieur et extérieur sont dépareillés. Mais je ne sais ni n'ose le dire à voix haute.

« C'est ici que j'ai mes meilleurs souvenirs d'enfance », dit Iisa.

Nous allons au bord du lac, où nous nous asseyons sur le ponton déformé. Une barque traîne sur la berge. Les joncs secs crissent et l'air pue la terre meuble. Au large, le lac chatoie comme si de petits miroirs se balançaient sur ses vagues.

« À l'adolescence, j'ai arrêté de venir ici. »

Iisa cligne des yeux, puis les ferme complètement :

« Là-bas, dans la remise, il y a un vieux fusil à mon papi. Une fois, j'ai pensé le prendre, aller dans la forêt et me brûler la cervelle. Tout le monde aurait cru le coup parti par accident. »

Je regarde une pierre qui guette sous le ponton, noire et bosselée. Des algues vertes la balayent rythmiquement. On dirait qu'elle respire. À côté de la pierre apparaissent des bouts de bois pourris, des plantes surgies de la vase, des coquillages brisés. Ça me donne des frissons, de voir le fond. N'importe quoi peut y traîner. En même temps, il est tout proche, on peut le toucher depuis le ponton, il suffit de se pencher au bord.

« Après ça, j'ai plus voulu venir. D'ailleurs, je me suis pas baignée depuis onze ans. »

Sa voix est maintenant plus dure, plus résolue.

« OK… Pourquoi ? Je veux dire…

– Parce que la nudité. Parce que la honte. Mais maintenant, je pourrais y aller. »

Nous restons assis. J'attends qu'il se passe quelque chose. Je ne sais pas comment me lever ou m'exprimer.

« Alors ? suggère Iisa.

– Hein quoi maintenant ?

– Mais oui, allez hop ! »

Nous lâchons nos tee-shirts et nos shorts en boule sur le ponton. Je garde le caleçon. Iisa va chercher un maillot de bain.

« Tu crois qu'on peut sauter d'ici ? » je demande.

Elle acquiesce.

Nous nous tenons bras croisés, épaules crispées. Sur la peau nue, le vent est étonnamment frais. Je serre les dents pour qu'elle ne les entende pas claquer.

« Qui commence ? » demande Iisa.

Elle s'accroupit et détend les genoux pour sauter, mais s'arrête au dernier moment.

« J'ose pas.

– Bon, moi j'y vais. »

Je m'éloigne d'elle au pas de course et je saute : je vois la surface sombre qui s'approche, le fameux stress m'emporte et je serre les paupières. Le froid pénètre jusqu'à la moelle, mais il suffit d'une seconde pour que mon corps s'habitue à la température de ce nouveau monde. Mes orteils frôlent le fond, s'enlisent dans la vase. Regagner la surface est aussi long que dans mon enfance ; l'eau murmure dans mes oreilles et je songe à la noyade, jusqu'à ce que je rejaillisse à la lumière.

« Elle est pas trop froide. »

Je remue les jambes de toutes mes forces pour effrayer les brochets. Iisa se retourne sur le ponton en se mordant les lèvres, comme si elle cherchait une réponse à une question difficile. Elle prend son élan et bat des bras. Finalement, elle tombe à côté de moi avec un grand plouf, puis refait surface et secoue la tête.

« Mais elle est chaude ! » s'exclame-t-elle.

J'inspire à pleins poumons, fais la planche, contemple le ciel pur. Cet instant aussi, je peux l'éprouver. Et lui non plus n'est pas éternel.

J'embrasse Iisa à la gare routière de Lahti. Je monte, paye mon trajet et hoche la tête au chauffeur qui me tend le reçu. Le bus est plein, et tout le monde me regarde avancer laborieusement dans l'allée. Je m'assieds à côté d'une jeune femme qui a des écouteurs dans les oreilles, elle n'a pas peur de moi, ne se colle pas à la vitre, ne me repousse pas. De l'autre côté, un chien noir est assis sous les sièges, il halète et me regarde amicalement.

Le bus démarre, Iisa agite la main, et il me vient une sensation étrange, ce n'est pas du chagrin ou de la tristesse, c'est plus vague, ça se dérobe quand j'essaie de l'attraper. Mais je me rends compte que j'ai déjà ressenti cela à plusieurs reprises, et chaque fois c'est passé.

À Jyväskylä, je descends dans la chaleur du soir, récupère mon bagage en soute et salue de la main le chauffeur qui tire sur sa cigarette à côté. Je marche à travers la ville, lis les fameuses enseignes des magasins et des restaurants, remarque deux ou trois nouveaux noms. Le vert des parcs est fatigué, brûlé par l'été.

Mon studio sent la pomme blette. Les rideaux, le bureau, le lit, la bibliothèque : chaque chose est à sa place. Presque comme si j'arrivais chez moi. Je rallume le frigo et reste immobile. Une fourchette sale traîne dans l'évier. Un robinet gronde derrière le mur.

J'enfile alors les Adidas et je ressors. C'est fou de pouvoir courir après tout ça, comme si de rien n'était, faire un pas, un autre, et un jogging en ville. Je cours vers la montée du Séminaire, là-haut se dressent les vieux bâtiments de l'université, et le soleil couchant brille dans leurs fenêtres. Je cours à travers la pelouse, celle où nous nous tenions en cercle pour dire si nous préférions les chats ou les chiens. Bientôt, un nouveau cercle se tiendra ici. Le monde n'est pas fini, et je peux courir à travers ce monde.

Je monte sur la colline, où les ombres des arbres s'étirent et forment un labyrinthe. J'enjambe la palissade taguée qui entoure la piste, puis je traverse le terrain désert, au petit trot, jusqu'à la ligne de départ. La tribune est vide. Debout sur la ligne, j'observe la piste rouge sang. Je vais courir un tour. Vite. Mais relax. Je m'accroupis et, imaginant le coup de pistolet, je m'élance.

pca
cmb
édition pré-presse
livres numériques

44400 Rezé

IMPRIM'VERT®

Achevé d'imprimer
en décembre 2020
par Corlet Imprimeur
14110 Condé-en-Normandie

Dépôt légal : décembre 2020
N° d'imprimeur : 20120126
Imprimé en France